後宮一番の悪女　二

柚原テイル

富士見L文庫

もくじ

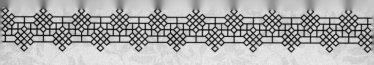

登場人物

皐琳麗【こうりんれい】
◆ 悪女と名高い賢妃。
化粧を愛してやまない。

嘉邵武【かしょうぶ】
◆ 皇帝。清廉潔白な
美男子だが女性が苦手。

瑛雪【えいせつ】
◆ 琳麗の侍女。琳麗にとって
姉のような存在。

玉樹【ぎょくじゅ】
◆ 美貌の宦官。
邵武の右腕と言われている。

道栄【どうえい】
◆ 位の高い宦官。
琳麗の父・左雲《さうん》と仲が良い。

蓉羅【ようら】
◆ 皇太后で邵武の母。
めったに姿を現さない。

慧彩【すいさい】
◆ 占いを得意とする貴妃《きひ》。
蒼月宮《そうげつきゅう》の主。

蝶花【ちょうか】
◆ 淑妃となった琳麗の友人。
翠葉宮《りょくようきゅう》に住む。

風蓮【ふうれん】
◆ 琳麗の取り巻きで昭媛《しょうえん》。
あどけなく幼い。

梓蘭【しらん】
◆ 新たに徳妃《とくひ》となる。
邵武の知己の美女。

プロローグ　その妃は己しか信じず

墨と瞼影《アイシャドー》で美しく彩られた双眸《そうぼう》が、すっと細められた。

後宮一番の悪女と呼ばれる皐琳麗《こうりんれい》の表情は、大概の妃嬪《ひひん》を震え上がらせる。

「今、おかしなことを言われた気がするわ」

ねっとりと猜疑《さいぎ》心を含ませながら、琳麗は目の前の妃嬪に一音ずつ丁寧に区切って問いかけた。

けれど、その妃嬪に変化はない。飄々《ひょうひょう》と言葉を紡ぐ。

「いいえ、卜占《ぼくせん》で出た本当のことを申しただけです。琳麗様には死相が出ています。後宮を立ち去らなければよくないことが……これ以上は私の口からは」

二人の間には布のかかった卓があり、その上には金の皿に幾つもの宝石が嵌《は》めこまれた占術道具がある。

丸い枠にぴたりと嵌《はま》った孔雀石《くじゃくいし》に手を触れながら、貴妃《きひ》は禍々《まがまが》しい雰囲気をまとい、琳麗を脅しにかかっているようだ。

「私に忠告？　まやかしでしょう」

琳麗は紅入れを取り出して片手でカチリと開け、その緋色《ひいろ》へ指を這《は》わせた。

「死相？　そんなもの私には関係ありません」

鏡も見ずに目尻から上へ向かって、魔除《まよ》けのようにスッと紅の線を引く。

「これで運命とやらは変わりまして？」

より華やかな美貌となった琳麗は、唇を三日月のようにして微笑《ほほえ》んだ。

一章　皇太后と美姫が集う宴

曄燎国《ようりょうこく》の後宮である永寧宮《えいねいきゅう》では、昼間から任命の儀という名の宴が開かれるところであった。

皇太后の住まう暁羅殿《きょうらでん》の大広間には、国宝級の調度品や眩《まぶ》しいほどの黄金細工が飾られ、豪華な卓がずらりと並べられている。けれど、一番華やかなのはそこに座る妃嬪達だ。後宮で暮らす妃嬪達がほぼ全員一堂に会しているのだが、その坐《ざ》する位置は、位と力関係によって厳格に定められていた。

まずは入り口から一番奥、南側を背にした席が皇帝、その少し前、右側が今回の主催者であり皇帝の母でもある皇太后の席だ。

次に皇帝と皇太后の席の左右に妃嬪達がずらりと並ぶ。

左側の先頭に貴妃《きひ》、右側の先頭に淑妃《しゅくひ》、以降交互に徳妃《とくひ》、賢妃《けんひ》、そして他の妃嬪達が順に座していく形である。

四夫人の一人、賢妃である琳麗《りんれい》は右側の二番手の席で背筋を伸ばしていた。

瑠璃色の上襦《じょうじゅ》は、その上に淡い水色の薄布が重ねられた作りの衣で、裙《くん》は紫、まとう披帛《ひはく》には銀糸の刺繍《ししゅう》で祥雲《しょううん》が描かれている。

背中へと梳《す》き下ろした艶《つや》やかな長い黒髪は、耳から上の部分だけ結い上げて銀の簪《かんざし》を挿し、そこから垂れた宝石飾りがチリチリと揺れていた。

緋色を帯びた茶色の瞳は化粧で目力が強くなる。まさに後宮一番の悪女だった。

(ああ、煩わしいわ)

そう思うのは、この招集についてである。

まだ残りの四夫人、貴妃、淑妃、徳妃も皇帝も皇太后も来ていなかった。

それをいいことに、他の妃嬪達が小声でお喋《しゃべ》りに興じている。

「わあ、琳麗おねえさま、今日もお美しいです」

琳麗の周りには、昭媛《しょうえん》という位の妃嬪である風蓮《ふうれん》をはじめ、その友人の妃嬪が四名ほど集まってきていた。

彼女達はわかりやすく言えば、琳麗の〝取り巻き〟である。

皆がお洒落《しゃれ》好きで、口々にお姉様と慕われるのは悪い気がしない。

妃嬪達に強いほうに付くという打算があったとしても、化粧好きの可愛《かわい》い戦友を得た気分で、琳麗にとって心の癒《いや》しだ。

しかし、それは琳麗の影響力が後宮で急速に大きくなったせいでもあり、反発する派閥もあって敵も多い。

「ありがとう、風蓮もとても可愛らしいわよ。けれど今日は陛下も皇太后様もいらっしゃるのだから、お喋りはやめて席につきなさい」

「はい、おねえさま」

風蓮は素直に返事をすると昭媛の席へと戻っていく。他の取り巻きの妃嬪達も、すまし顔で解散となる。

妃嬪は互いに監視し合い、行動は常に誰かの目に晒《さら》されているのだ。

後宮において、相応《ふさわ》しくない言動をしていると、叱責を受ける口実を与えてはならない。

可愛い妹分を、さりげなく守るのも琳麗の役目だ。

琳麗は涼しげな顔を作って、他の妃嬪を観察した。

四夫人以下の妃嬪は、風蓮達以外にも、ぼちぼちと集まってきているようだが、他に琳麗に話しかけてくる強者《つわもの》はいない。

そう、琳麗こそが、今や後宮を牛耳るとも言われている悪女だからだ。

有名な武勇伝は……悪女と名高い前の賢妃を追い出し、徳妃を毒殺し、淑妃を後宮から追放したことである。

それは真《まこと》のことではない。

琳麗に言わせれば、前の賢妃は心を病んで逃げ出す寸前であったたし、徳妃は死んだと見せかけて長年の恋を成就させせただけであるし、一番手を焼いた淑妃は火の粉を振り払っただけだった。

しかし、そのせいで立派に後宮一番の悪女という地位が確立されてしまったのだ。

琳麗にとって、後宮は他の妃嬪のように憧れの場所ではない。成り上がりたいわけでもない。さらに皇帝である邵武《しょうぶ》に恋焦がれているわけでもない。

化粧品の売り込みだと騙《だま》されて後宮へ入れられて、寵姫《ちょうき》争いに興味がないと邵武に露見して利用されてしまっただけなのである。

本当は一刻も早く実家に戻って、化粧品の商いをしたい。化粧の素晴らしさを広めたい。

琳麗は後宮を出るため、皇帝の提案に乗って、これまで人参《にんじん》を目の前にぶら下げられた馬のごとく頑張って働いていた。

悪女を装って、何らかの方法で四夫人の数を減らせば、円満に後宮から家へと帰れると言われたのだけれど……。

(追い出した結果がこれなんだもの)

琳麗は小さくため息をついた。

それだけなのに、幾人かの下級妃や宮女が怯《おび》えたように身体《からだ》を縮こまらせる。風蓮をはじめとした数名の妃嬪からは憧れの視線が向けられる。

琳麗は、そのどちらもに妖艶に微笑んで返した。

これも化粧品販売の一環であると割り切っている。

後宮に入った当初、目標に掲げていた「賢妃御用達の三段重ねの化粧箱」の触れ文句を得るのは琳麗自身が賢妃となることで達成した。けれど、それで満足するつもりはない。出られないなら残す時間すべてをかけて、後宮の妃嬪や侍女を含む宮女達に、営業をしようという魂胆であった。

化粧箱制作者、愛好家としてやれることをやるのみだ。

「琳麗様、陛下がお越しです」

背後から控えめな声がする。侍女として生家からついてきてくれた瑛雪《えいせつ》だ。

いつの間にか静寂に包まれていた大広間に、皇帝である邵武が、お付きの宦官《かんがん》である玉樹《ぎょくじゅ》を伴い入ってきたところである。

気づけば、四夫人の席の一つにも貴妃が気配もなく座っていた。

(これまで我関せずで、ご自分の蒼月宮《そうげつきゅう》から出なかった貴妃……どんな方かしら？)

琳麗は邵武を目で追うのを止めて、初対面となる貴妃をじっと観察しようとする。

しかし、その瞳の色どころか髪色すらもわからなかった。

貴妃は灰色の襦裙《じゅくん》に藍色の帯を締め、目元まで隠す長い頭覆い《ベール》をかぶっていたからだ。小粒の真珠がついた麗糸《レース》の縁取りが、唯一の華やかさといった控え目な装いだった。

(初めて見たけど、なんだか陰気くさい妃嬪ね)

自分のことはすっかり棚に上げて、琳麗は心の中で正直な感想を述べた。

というのも、琳麗は化粧をしていれば強気だけれど、すっぴんのぼんやりとした雀斑《そばかす》顔だと弱気な自分に戻ってしまうのだ。

後宮という場所を生き抜く武装として化粧をしているだけなのだ。

「……さま、琳麗様!」

「おい、俺のことは無視か」

近くで、瑛雪の焦った声がしたかと思うと、邵武に話しかけられていた。

琳麗は動揺をおくびにも出さず、邵武に向かって艶然と微笑みかける。

「あら、陛下。お会いできて至極光栄にございます」

嫌みを込めて、詠《うた》うように返答する。

この策士な皇帝のせいで、琳麗は九嬪《きゅうひん》の充儀《じゅうぎ》から一気に位を駆け上がり、四夫人の賢妃となってしまったのだ。

騙された……利用されたと感じて警戒をするのは当然のことだろう。

「微塵《みじん》も嬉《うれ》しくない顔で言われると、堪えるものがあるな」

「でしたら、どうぞ他の妃嬪に優しく慰めてもらっては？」

琳麗が仏頂面になって扇で口元を隠すと、可笑《おか》しそうに邵武が顔を近づけてくる。

整った容姿であるが、ときめきはしない。むしろ、手のひらの上で転がされている気がして腹が立つ。

「皇帝に冷たく当たるとは、とんでもない悪女だ」

「誰がそうさせたと思ってらっしゃるのですか……？」

怒気を堪えて小声でやり返していると、その様子に気づいた取り巻きではない妃嬪達の悪意ある囁《ささや》きが耳へと届く。

「琳麗様が陛下の足止めをされているわ、特別な誘惑の方法を知っているのでしょう」

「何もこんな場でなさらなくても……見せつけているのかしら？　はしたない」

後宮には味方も増えたが、まだまだ琳麗を快く思わない者も多い。特に年齢が上の妃嬪達には鼻につくようだった。

四夫人のうち三席の三人が後宮を去り、その一席である賢妃の位を得たばかりで、皇帝が唯一親しくしている妃嬪であるから当然のことだ。

嫉妬をぶつけられるのには慣れていない。

化粧をしているから平気だが、すっぴんの時にこれらの攻撃を受けたら平常心でいられる自信はなかった。

一方で、熱い視線も感じる。琳麗の取り巻きである妃嬪達からであった。

「あんなに堂々と陛下の行く手を遮ってしまうなんて」

「さすが、琳麗様！」

琳麗は賢妃の席から一歩も動いていないので、遮ってはいないのだけど……。

悪女らしい化粧と振る舞いをすると、そう見えてしまうらしい。

「目立つのは嫌なので、無駄話はせずに、さっさとご自分の席へと行ってください」

やや顰《しか》めた顔をして、琳麗は冷ややかに告げた。

後宮に入った妃嬪は特別な事情がない限り出ることは叶《かな》わない。

しかし、ここ永寧宮では一年間、皇帝の寝所に呼ばれない、かつ彼の許しが下りれば役目を辞することができる。

悪女となって賢妃、徳妃、淑妃を追い出す仕事をしたことにより、邵武の許可は得た。

だが、なんだかんだと理由をつけて、邵武は後宮に琳麗を訪ねてくる。

夜伽《よとぎ》は一度も行っていないが、外からはそうは見えない。

そのたびに一年間の開始日が後ろへとずれていく。

（さっさと後宮を出て、化粧品の開発と販売に戻りたい）

よって、今の琳麗にできることと言えば、邵武から逃げ回り、接点を持たないことだ。

つんとした顔を作り、もう話はここまでとばかりに琳麗は目を閉じた。

邵武がやや困惑したように立ち尽くす気配を感じる。

すると、妃嬪達からまたひそひそとした悪意ある囁きが聞こえてきた。

「賢妃の琳麗様は、四夫人にあった空席が埋まるせいで、ご機嫌斜めなようよ」

「皇太后様がお決めになったことなのだから、陛下に我《わ》が儘《まま》を言ってもどうにもならないのにね」

どうやら、琳麗が不機嫌なことをそう解釈されたらしい。

今日の任命の儀は、ずっと沈黙を保っていた皇太后による開催であった。

前回、琳麗が賢妃となった朱花選《しゅかせん》の儀《ぎ》とは異なり、四夫人にできた空席――徳妃、淑妃をまとめて指名するための儀式である。

（苦労して排除した徳妃、淑妃の席がまた埋まる）

しかし、外部から新しい妃嬪を受け入れたわけではなく、現在後宮にいる妃嬪の位を上げる形をとっているので、皇太后は邵武の考えを無視したわけでもなさそうだ。

邵武は琳麗の後宮入りと同時に、後宮に新しい妃嬪を入れるのを禁止した。

それは、別に琳麗が気に入ったわけではなく、金食い虫の後宮を縮小したいと彼が考え、前々から決まっていたことだった。

後宮入りが締め切られるギリギリに琳麗を滑り込ませた父の友人の宦官、道栄《どうえい》をどれほど恨んだか。

そんなわけで、後宮内部の人員移動と考えれば、皇太后の考えに頷《うなず》けるものもある。

後宮の頂点である四夫人が欠けているのは、国の対面としていかがなものかといったところか。

誰が徳妃と淑妃になるかは内々に通達されていて、それぞれの妃嬪は新たな宮へと移ったところだ。

賢妃である琳麗も、朱花宮《しゅかきゅう》の一番いい元賢妃の房間《へや》に住むこととなったため、後宮の形としては四夫人の復活である。

目を閉じていても、邵武の気配が前から動かないので、琳麗は苛立《いらだ》って薄目を開けた。

すると、彼の気遣うような眼差《まなざ》しがある。

(もしかして、悪かったと感じているの？)

琳麗が何か冷酷に止《とど》めをさしてやろうとゆっくり目を開けると、邵武が口元《くちもと》を悪戯《いたずら》っぽく緩ませた。

「まあ、こうなってしまったものは仕方ない。頑張ってくれ」

「……っ、ひとごとだと思って！　もう、追い出しには二度と協力しませんからね。私は絶対に一年間、陛下を遠ざけて後宮を出ますから」

颯爽《さっそう》と琳麗の前から去っていく邵武の背に、琳麗は呪詛《じゅそ》のような低い声を浴びせたが、届いたかはわからない。

邵武が皇帝の席に着くまで、ブツブツと小声で文句を言っていると、宦官を先頭にした一団が宴席へと入ってきた。

妃嬪達の緊張した様子で、皇太后だとすぐにわかる。

がらりと雰囲気が変わった宴《うたげ》の席は、シンと静まり返っていた。

その中を皇太后は、新たに徳妃と淑妃になる妃嬪と、宦官、侍女を伴って、厳かな衣擦《きぬず》れの音をたてながら席まで歩いていく。

琳麗を含めた妃嬪や侍女は、頭《こうべ》を垂れて息を止め、皇太后が席に着くのを待った。

（皇太后様は、どんな方なのだろう？）

琳麗も姿勢を低く保ちながら、皇太后の気配を追う。

今まで挨拶も取り次いでもらえなかったので会ったことはない。

噂《うわさ》によると面倒くさがりであるとか、凄《すご》い美貌であるとか、眼光だけで人を震え上がらせるであるとか、恐《こわ》そうな印象しかない。

これまで後宮に口出しをしなかった皇太后が介入してくるなんて、琳麗が派手に後宮をかき回しすぎて、寝た獅子《しし》を起こしたのではないか？

そんな気まずさもあり、琳麗は冷や汗をかきそうになったのを、気合で止めた。

汗が伝えば化粧が落ちてしまい、さらに焦ることになる。

（なるようにしかならない。私の目標は、あくまで後宮で三段重ねの化粧箱を売り込むこと……！）

商売っ気は恐怖に勝つのだ。

「皆、そろったようだな、顔を上げてよい。初めて見る顔もあるな、私が皇太后、蓉羅《ようら》である」

席へと着いた皇太后からよく通る声がして、琳麗はゆっくりと顔を上げた。

（おお！　迫力美人）

蓉羅はゆったりと座っているだけなのに威圧感があり、切れ長の藍色の瞳は鋭い眼光を放っていた。

吊《つ》り眉を濃く描いた化粧で、口紅は赤に紫の混じった葡萄《えび》色である。

濃茶の髪は華やかに結い上げられ、額と頬にあえて残された幾本かの髪が美しく揺らめいていた。

上襦《じょうじゅ》は威光茶《いこうちゃ》にぬめる美しい絹地に鶯色《うぐいすいろ》で落花流水《らっかりゅうすい》が刺繍《ししゅう》されている。

裙《くん》は群青色で更紗《さらさ》のような披帛《ひはく》は琥珀《こはく》色に透け、成熟した色香を持つ蓉羅によく似合っていた。

（こんな美貌がまだ後宮に隠れていたなんて……！）

琳麗は美人に弱い。嫌みを言われても、顔に気を取られてあまり感じないほどである。

皇太后に対しても、恐れよりも好奇心や好意がむくむくと湧いてくる。

「おや、そなたが噂の新しい賢妃、琳麗か？」

「はい。畏れ多くも賢妃の位を賜りました、琳麗にございます」

瞳を輝かせて、気合たっぷりに琳麗は返答をした。

傍目《はため》に見れば火花が散りそうなほど、視線をかわしてしまっているが、吸い込まれるほどの大人の美貌なのだから仕方がない。

四十八歳と聞いているが、それより若くも見える美しさであり、年上にも見える貫禄《かんろく》もある。

押しの強そうな雰囲気は邵武に似ており、血のつながりを感じるが、もっと隙がなく逆らうことができない威圧感があった。

もう少し話してみたかったけれど、すぐに蓉羅は「うむ」と頷き、別の妃嬪へと視線を移していく。

「久しぶりだな、慧彩《すいさい》。息災であるか？」

皇太后に声を掛けられて、はじめて貴妃が顔を上げる。

「私のような者を……気にかけていただいて光栄にございます。皇太后様もご健勝のこと、お喜び申し上げます」

頭覆《ベール》いから覗《のぞ》いた髪は藍色だった。

ややぎこちなく、か細い声であるも、落ち着いた口調で皇太后相手に緊張した様子はない。華やかさはないが端整な顔立ちで、理知的な灰色の瞳を持っていた。

蓉羅が慧彩に、琳麗よりも親し気に言葉を掛けたので、少し取り残された気分になる。四夫人である期間を考えると、蓉羅と慧彩に面識があって当たり前なのだけれど、その関係性が少しうらやましい。

「慧彩は騒動の間、蒼月宮《そうげつきゅう》から一歩も出なかったと聞くが、卜占《ぼくせん》で何か出たのか？」

「……はい。後宮全体を占ったところ、よくないものが這《は》いまわっている、と出ましてございます」

（えっ……？）

動き回っていた琳麗への嫌みにも取れる発言が飛び出す。

（なんだか、一筋縄ではいかない貴妃のようね）

宮に籠っていた、さらなる悪女のお出ましかもしれない。

すぐに仕掛けてはこないだろうけれど、用心だけはしておこう。

「ははっ、先代の頃から環家《かんけ》の卜占はよく当たる。慧彩が巻き込まれずに今この場にいるのがその証拠だな」

「……皇太后様がご所望でしたら、いつでも卜占に参ります」

やや緊張した面持ちで、慧彩が蓉羅に頭を下げる。

「それには及ばぬ。そなたは要らぬことを気にせず、もっと気楽にかまえて後宮で過ごすがいい」

「ありがたい……お言葉です」

蓉羅の言葉に、慧彩は控えめに呟《つぶや》いて沈黙した。

寡黙な性格なのだろうか。

とにかく初めて見たし、なぜかあまり噂も聞かなかったので、彼女についてはわからないことだらけだ。

「さて、皆に集まって貰《もら》ったのは、新たな淑妃と徳妃の任命の儀についてである。皇帝が後宮へ新しい妃嬪《ひひん》を入れないようにしたせいで補充はできぬが、それも今後を思ってのことである。理解せよ」

注目を集めながら、皇太后が朗々と話し始める。

蓉羅が、途中でちらりと邵武を見て、また続けた。

そのまま自身の背後に控えていた、二人の妃嬪を左右の手で示す。

「まず一人、蝶花《ちょうか》に淑妃の位を授ける」

蓉羅の左手に導かれるように、蝶花が桃色の襦裙《じゅくん》を揺らして深く頭を下げる。

帯は緋色《ひいろ》で如意の金糸が踊り、合わせた組み紐《くみひも》は鮮やかな撫子色《なでしこ》だ。

印象的な波打つ赤毛の髪を梳《す》き下ろして、上部だけ頭の高い位置で結われ、華やかに月形の髪飾りが留まっていた。

蝶花は琥珀色の人懐っこい瞳を輝かせ、愛らしい中にも勝気な笑みを見せている。目元の泣き黒子《ぼくろ》が魅力的だ。

「ありがとうございます。精一杯、努めさせて頂きます」

琳麗は自分のことのように胸を張った。実際には少し反らせただけであるが、心の中で喜びは隠しきれない。

（ふふん、一人は手を回せたわ）

任命の儀については、皇太后が決めたこととはいえ、邵武から事前に話があったため、候補者選びには意見を出すことができたのだ。

敵だらけではなく、せめて味方の妃嬪を潜り込ませたい。

これは、後宮の雰囲気をよくするためでもある。以前のような殺伐とした後宮では邵武のためにもならないことを力説した。

本当のところは、琳麗の過ごしやすさ優先であるのだが、それらは兼ねられるものだ。

蝶花は元は九嬪の一人である修容《しゅうよう》で、琳麗の取り巻きから友人となった十七歳の妃嬪である。

生家が同じ商家ということもあり、とても気が合う。

流行《はや》り物好きで、お洒落《しゃれ》好きで、今では化粧愛好家のかけがえのない仲間であった。

お調子者で、はきはきとした物言いも、気持ちよく感じる。

「お姉様、やりましたよ……！」

蓉羅の前であるのに、蝶花が琳麗に対して、グッと握った手を突き出して喜ぶ。

「こら、はしゃぎすぎない」

琳麗が小声でぴしゃりと窘《たしな》めると、蝶花はうって変わって貴婦人らしいすまし顔で姿勢

とが少し寂しい。

蝶花は琳麗と同じ朱花宮に住んでいたが、淑妃となり翠葉宮《りょくようきゅう》に引っ越してしまったこ

を正した。

「続いてもう一人、梓蘭《しらん》に徳妃の位を授ける」

蓉羅の右手に示されたのは、透けているかのような薄い青色の襦裙に、凹凸のくっきり

とした身を包んだ妃嬪だった。

亜麻色のゆるく波打つ髪は、色素が薄いのか、金にも銀にも見える色合いをしている。

橙《だいだい》を帯びた茶色の瞳が、穏やかな輝きを放つ。

「つつしんでお受けいたします」

やわらかくおっとりとした雰囲気に、戸惑いがまざっている。

噂によれば邵武の妃嬪が最初に集められた頃からいて、蓉羅とも長い仲であり、今年で

二十七歳らしい。

憂いのある大人の色香があり、お近づきになりたくなってしまう。

（優しい美人も好物！）

琳麗は内心ではしゃいだ。

（けれど、あの衣と化粧は似合っていないわ）

襦裙は胸元が大きく開いていて、他の妃嬪より肌が露《あら》わになっている。化粧も全体的に濃くて、もともとはっきりとしているだろう顔立ちをこれでもかと強調していた。

素材がいい時こそ、化粧は薄く、引き立たせる程度でいい。

肌を見せすぎるのもよろしくない。あれだけ素晴らしい凹凸を持っているなら、見せるよりも隠して、想像させたほうが断然ぐっとくる。

(今すぐにでも、新しい徳妃様の魅力を引き出したい！)

聞き上手そうで話が弾むだろうし、梓蘭が住まう橙夕宮《とうゆうきゅう》にこの後、遊びに行ってしまおうか。

そんな琳麗の心の動きに気づいたのか、蝶花がふくれっつらを始めたので、気にしない悪女の素振りでフイッと横を向いて誤魔化す。

「それぞれ、励むがいい」

新しい四夫人の紹介はそこまでで、その後の蓉羅は皆へ平等に話しかけて宴《うたげ》は終わった。

初めて会った貴妃の慧彩は、宴の間も頭覆い《ベール》を一度も取らず、蓉羅以外とは言葉を交わさず、不思議な存在だったけど……。

淑妃の蝶花は気心の知れた友人であるし、徳妃の梓蘭は優しそうである。

四夫人の新しい人選は、琳麗にとって暮らしやすい方へ転んだと思っていた。

無事に無駄な、もとい、皇太后の元での任命の儀を終えた琳麗は、自らの房間《へや》に戻り、一息ついていた。

「ふぅぅ……」

大きなため息をつくと、靴を脱いで寝台に上がり、化粧を洗い流すのも億劫《おっくう》で、そのまぐてっと枕にもたれる。

「琳麗様、だらしないですよ」

すぐさま、瑛雪の非難する視線が突き刺してきた。

手を振って、冷たいそれを振り払う。

「今は誰も見ていないし、今日は何の予定もないから、いいの」

積極的に動いたおかげで、ここ最近の後宮は琳麗にとってだいぶ過ごしやすい場所となったのだけれど、今日に限っては心身共に疲れた。

宴では皇太后やら、貴妃やら、今まで姿を見せなかった人も参加していたので気を張っていたからだ。

「いけません。賢妃となられたのですから、常に朱花宮に住まう妃嬪達の見本となるようにしていませんと」

「そういうのは私がここを去って、次の賢妃になった人に任せるから」

自分が近い将来、永寧宮を出れば、もっと妃嬪らしい者が賢妃に指名されて、朱花宮の人達もそれを見習うようになるだろう。

貴妃、淑妃、徳妃、賢妃の四夫人は、各宮の責任者であり、そこに住む妃嬪達の手本でもある。

「本当にそうなると良《い》いのですが」

「むっ、不吉なこと言わないでよ」

瑛雪に痛いところを突かれ、琳麗は思わず顔を顰《しか》めた。

実際のところ、皇太后が動きだしたり、せっかく減らした四夫人がすべて補充されてしまったり、雲行きがかなり怪しい。

「どれだけ悪女として名を轟《とどろ》かせようとも、出て行ってみせるわ！」

せっかく後宮を出るためにせっせと働いたのに「はい、元通り」では納得いかない。こうなれば、意地でも出て行けるようにしてやる。

「賢妃様はいらっしゃいますでしょうか？」

決意に燃えていると、誰かが房間の戸を叩《たた》く。

琳麗が気を抜いた頃合いでの誰かの訪問、とてつもなく嫌な予感がする。

賢妃となった琳麗の房間は奥まっていて、そこに至るまでには瑛雪以外の侍女もいるのだ。彼女達が止めないような人物であることは確かだ。

幸いなことと言えば、知らない者の声であって、皇帝付きの宦官《かんがん》である玉樹ではないということだろう。

彼が来たらまず皇帝のいる清瑠殿《せいりゅうでん》に呼ばれることになるからだ。

「琳麗様、戸を開けてよろしいですか？」

瑛雪がわざわざ尋ねたのは、琳麗がだらしのない格好のままだからだろう。

「ええ……お願い」

琳麗は仕方なく寝台から降りると、靴をはき直し、房間の真ん中においてある丸い卓の前に腰掛ける。

「どうぞお入りになって」

琳麗の合図で瑛雪が戸を開ける。

すると戸口に立っていたのは見知らぬ侍女らしき女性だった。

四夫人を追い出すために画策し、妃嬪の数も減った今、琳麗が見たことのない者はほとんどいなくなっていたのだけれど、彼女には見覚えがない。

さらに頭を下げる仕草一つとっても、おそろしく洗練されている。一妃嬪《ひひん》の侍女ではなさそうだった。

嫌な予感がさらに増す。

「どのようなご用件で？」

「皇太后様の使いで参りました。蓉羅様は賢妃様を暁羅殿へお誘い遊ばされました」

丁寧な言葉ではあるけれど、簡潔に言うと「話があるから来い」とのことだった。

先ほどの宴で会った印象だと、悪い人ではなさそうだけれど、相手としてはかなり厄介そうな人だ。

「準備が出来次第、参りますとお伝えください」

皇太后の侍女は恭しく礼をして、房間から去って行く。

(何の話だろう)

面倒なことになりそうな予感がする反面、お近づきになれる期待もある。

そもそも皇太后からの誘いを断るという選択肢はない。だったら、気が重い用事はさっさと行って、済ませるに限る。

「瑛雪、準備をお願い。それから新しい三段重ねの化粧箱も用意して」

「皇太后様とお会いになるのですね」

意外そうな言葉が瑛雪から返ってくる。

「てっきり、自分にはもう関係ないと引きこもるものかと」

「そうしたいところだけれど、させてくれる相手とは思えないもの。またとない機会だし、化粧箱を売り込みにいくわ。それから……」

皇后がいない今、後宮の一番の権力者は皇太后に間違いない。

場合によっては、後宮を出るため、邵武よりも皇太后を利用したほうがいいかもしれない。

当然、相手の考えや方針次第にはなるけれど、親交を深めておいて損はないだろう。

「とにかく会って話をしてみないとね」

にやりと悪女らしい笑みを浮かべた。

化粧箱を売り込むまたとない好機だ。琳麗は気合を入れるため、すぐに化粧直しに取りかかる。

肌の張り、滑らかさ、唇の艶、目元の線一本とて気を抜くことはできない。

「畏《かしこ》まりました」

おそらく、言葉にしていない部分まですべてを理解した瑛雪は、もう何も言わずに皇太后に会うための準備を素早く整える。

琳麗は瑛雪を連れて、暁羅殿へと再度向かった。

通されたのは宴の行われた大広間よりもずっと奥に進んだ所、皇太后の私的な区画にある一室だった。

房間の奥には長い卓が置かれ、上には墨箱や筆が置かれている。

正面の壁にはお気に入りだろう書が二幅と、水墨画が一幅飾られ、それ以外は竹簡や木簡、書物が山のように棚に積まれていた。

建具には金銀の装飾がふんだんに使われ、天井飾りも見事で数も多いけれど、全体としては想像していたよりも質素な印象だ。

「皐《こう》琳麗、馳《は》せ参《さん》じました」

「思ったより早かったな、賢妃」

皇太后の蓉羅は琳麗が房間に通された時には、すでに大きな椅子に腰掛けていた。

妃嬪《ひひん》が使う繊細な彫刻が施された華やかな物ではなく、男性の文官などが使う簡素で頑丈な椅子で、後宮ではまず見かけることはない。

「当然でございます。皇太后様にお声がけいただきましたら、この琳麗、どこにいてもすぐ馳せ参じます」

「そうか？　てっきり適当な理由をつけて、逃げ回ると思うたが」

ぎくりとしながらも顔には出さず、瑛雪に目で合図を送る。

土産として持参した三段重ねの化粧箱を横に控えていた皇太后の侍女づてに渡した。

「お近づきの印に、どうぞお納めください。こちら三段になった化粧箱でございまして、下地から白粉《おしろい》、瞼影《アイシャドー》に頬紅や口紅、筆や刷毛《はけ》まで入った、皐家自慢の品でございます」

琳麗の魂を込めた逸品だ。

市井の声だけではなく、今では後宮の妃嬪達の声も取り入れ、化粧箱の改良を続けている。

使い勝手は当然のこと、手に取った時や、開けた時に気分がパアッと明るくなるような作りも考えてある。

化粧をしたくない気分の時でも、眺めているだけでワクワクする化粧箱でありたい。

そして、なりたい自分を楽しく想像できるようにした。これはとても大事なことだ。

(どうか、皇太后様にも胸躍る化粧箱になりますように……)

琳麗は心を込めた目で、蓉羅を見つめた。

「これが後宮内外で噂《うわさ》になっている化粧箱とやらか。確かに理に適《かな》っているようだ。そなたが考案しただけある」

侍女に開かせた化粧箱を蓉羅がちらりと一瞥《いちべつ》して、目を細めた。

（皇太后様の耳にも入っているほど!?）

見えない角度で拳を握りしめて、喜ぶ。

「皇太后様にお褒め頂くなど、恐れ多きことです。これを機に――」

「化かし合いや探り合いは結構、そういうのは嫌いだ。そこへ座れ」

長卓を挟んで蓉羅の向かいに置かれた椅子に腰を下ろし、背筋を伸ばす。

彼女に世辞は通じないし、必要ないようだ。

敵でも味方でも、琳麗としてはその方が楽でいい。

「言葉遣いも、態度も、普段通りにして良い」

「皇太后様がそうおっしゃるのでしたら、私は従うまでです」

言質《げんち》をしっかり取ったところで目力を強め、蓉羅をじっと見つめる。琳麗の態度の変化に「それでいい」と言わんばかりに蓉羅が頷《うなず》いた。

「そなたとは二人で腹を割って話したかったのだが、宴《うたげ》が終わるなりさっさと帰ってしもうた。だから、こうして改めて呼び出したというわけだが」

「慣れない場で疲れてしまいましたので。お話とはどのようなものでしょうか？」

「永寧宮の今後についてだ」

蓉羅がいきなり核心を口にする。

「邵武が後宮を縮小しようとしている件、そなたも一枚噛《か》んでいたであろう。陛下お気に入りの悪女となり、四夫人の頭数を減らした」

「それは……陛下の命により、仕方なく」

一瞬、シラを切ろうと思ったけれど、皇太后の方が一枚上手な気がして止めた。

邵武に命じられて動いたのだから、嘘《うそ》は言っていない。

「よい、それを咎《とが》める気はない。私も邵武の考えには一理あると思うておるからな」

どうやら皇太后が口を挟んでこなかったのは、息子の考えを支持していたからのようだ。

けれど、そこで疑問が生じる。

(だったら、どうして空席の四夫人を埋めるようなことを？)

「なぜ今になって私が出てきたと思う？」

ゆったりと、もったいぶったように蓉羅が尋ねた。

すでに琳麗の頭の中に答えは出ている。

「皇太后様は陛下のお考えを全面的にはお認めになってはいないのですね？」

途中で手を出してきたということは、気に入らないことが起きたということだろう。

琳麗の答えに蓉羅は満足そうな笑みを浮かべた。

「やはりそなたは聡《さと》い。邵武が気に入るのも分かる」

「恐れ入ります」

正直、皇太后とお近づきになれるのは後宮を出るという意味でも、化粧箱の販売という意味でも助かるけれど、必要以上にお気に入りにされるのは避けたい。

手元に置こうとされては元も子もないからだ。

「後宮の妃嬪の数を減らすことで、予算の削減を図るのは間違っていない。私の時も寵《ちょう》姫《き》争いは大変だった。間に入る宦官や側近に渡す贈り物やら賄賂やらで」

蓉羅は顔を顰《しか》め、心底嫌なことを思い出しているかのようだ。

皇太后がまだ四夫人だった時の話を聞きたいような、聞きたくないような……やはり聞きたくはない。

もちろん、琳麗はそんな考えを顔に出さなかった。

「そなたは上手《うま》くやっていたようだが、後宮は怖いところよ。これからも気を引き締め、心してかからねば、尻尾を巻いて逃げることになるぞ」

「肝に銘じておきます」

これから後宮内で何か起きるのだろうか。

それとも皇太后が自ら引っかき回すと示唆しているのか。

どちらにしろ、琳麗としては勘弁してほしい。

（私の望みは穏便に後宮を出ていきたいだけなのに）

「もっとも、喜んで逃げ出す狐《きつね》もいるようだが」

「…………」

思わず反応しそうになったのを何とか堪える。

この人は相手の心の中を覗《のぞ》く術でも会得しているのだろうか？

もしくは、後宮で寵姫争いを勝ち抜くには必要な能力なの？

どちらにしろ、やはり今までの琳麗の動きを皇太后はすべて把握しているようだ。

「そう警戒するな。私は賢いそなたと手を組みたいと思うてな」

皇太后が口角をやや上げて琳麗をにやりと見る。

わずかに気を引き締めたことさえ、見抜かれたようだ。歴戦の強者に警戒するなと言われても、蛇に睨《にら》まれた蛙《かえる》の気分でしかない。

「賢妃、いや琳麗よ、邵武ではなく私につけ」

二人の間にある卓の上に、皇太后がいきなりドンと小さな袋を置いた。

重い音からするに、貨幣というより宝石の類いだろう。

（後宮の主である皇太后様が持っている貴重な石！）

見たい。今すぐ見たい。

そして、知らない石なら削って化粧品に使えないか検証したい。

「……お話の内容によっては検討致しましょう」

うずうずしながらも、すぐには飛びつかない。

商談はじっくり、相手の譲歩を引き出すのが基本だからだ。

「はははは、皇太后の私にその返答、本当に肝が据わっている」

確かに普通の妃嬪ならば、震え上がって二つ返事をすることだろう。

けれど、今は無敵の化粧で武装した怖い物なしの琳麗だ。

このぐらいでは動じない。

「続きを伺ってもよろしいですか？」

「かまわん」

促したけれど、皇太后はそれに怒ったり、機嫌を悪くしたりする様子はない。話してみて、何となく人となりがわかってきた。

邵武と同じように、公平でいて、無駄を嫌う。

多少のことは気に留めず、礼にもうるさくはないし、自らの権力や欲望といったことにはあまり興味はなさそうだ。細かいことは気にせず、大局を見ている。

だからといって、彼女の話をすべて信じるほど愚かではないけれど。

「後宮を縮小することは私も賛成だが、四夫人を半減するのには反対だ」

蓉羅の双眸《そうぼう》が鋭く光ったように思えた。

「なぜなら、皇帝は世継ぎを生まなければならぬ。多すぎても困るが、少ないのはもっと困る。もし、一人しか生まれず、その子が病死したら？　毒殺されたら？」

まったくもって蓉羅の言う通りだと、琳麗は思った。

次の皇帝の座をめぐって、国は乱れてしまう。さらにはその隙を周辺国に狙われるかもしれない。

それらは数多くの歴史書が証明していた。

皇帝とは絶対的な存在で、天であり、地であるからで、盤石でなければ国はぐらぐらと揺れて、転倒するかもしれない。

「妃嬪《ひひん》の数を減らすこと自体はかまわない。皇帝がその気なら世継ぎも残せるだろう。だが、子は多いに越したことはなかろう？」

「……その通りです」

邵武の考えは、四夫人を減らせば、それに付随する妃嬪達が去ることになり、後宮の規模が小さくなるというものだった。

それ自体は間違っていない。

ただ、子を生《な》す機会が減ってしまう。

四夫人となれば皇帝と顔を合わせる機会が多くなるし、自分の時がそうだったように、その下の九嬪はお手つきとならずとも寝所に一度は呼ばれるからだ。

世継ぎを残すことを中心に考えた時、ただ妃嬪の数を減らすだけならいいけれど、上位の席を少なくするのは問題がある。

立ち戻って考えると、後宮の問題点は皇帝と一生接することもない女性がたくさん後宮にいて金がかかるということだ。

ならば、もっと効率良く皇帝と妃嬪を結びつければいい。

(んっ？　何で今、もやっとしたの？)

胸に聞いたけれど、すぐに治まってしまい追究しようがない。

「どうかしたか？」

「い、いえ……皇太后様の仰《おっしゃ》るとおりです。上位の妃嬪の座まで減らすのは間違いです」

一瞬、皇太后がにやりとしたのを琳麗は見逃さなかった。

自分の考えが伝わったから、だろうか。

少し気になったけれど、話の腰を折って尋ねることまではできない。

「邵武が妃嬪と接点を持とうとしないのも問題だ。そうだな、私なら……皇帝に相応《ふさわ》しくない妃嬪を追い出す一方、国母に相応しい妃嬪を邵武の所へ行くように仕向ける」

「なるほど……」

後宮を縮小しながら、皇帝の世継ぎの数を増やすには、皇太后の案が最適だろう。

またもなぜか胸がもやもやっとしたけれど、今度はおくびにも出さない。

「それらの手回しをするのに、相応しい人物に心辺りはないか？」

全妃嬪の器量を把握できて、後宮全体に顔が利いて、皇帝にも話が通せて、自らは権力や皇帝に興味がない者なんて、そうそういるわけが……。

(むむっ！)

「私に〝後宮のやり手悪女〟をやれということですか？」

花街のやり手婆《ばば》ならぬ、後宮のやり手悪女と、思わず口にしていた。

「ははは、やり手悪女とはよう言ったものだ。どうだ？　その役目やってみぬか？　そなたの願いとも合うのではないか？」

「………」

今度は返事を一切せずに、深く考える。

皇太后の言う通り、他の妃嬪を皇帝の寝所に送り込むことは、琳麗が呼ばれることを防ぐことにもなり、一年の間、皇帝の寝所に呼ばれないという後宮を出るための条件を満たしやすくなる。

ただ、これでは皇帝と皇太后の密命を帯びた二重工作員《にじゅうスパイ》のようで、邵武に悪い気が……。

（しなかった！）

邵武は約束をうやむやにした。

今回、皇太后が後宮の人事に口を出したように、状況がそうせざるを得なかったこともあるけれど、このままではいつ後宮から出られるのかわからない。

（けれど、それだけだと皇帝を敵に回すだけの得が私にはない）

「十夜連続、同じ妃嬪を皇帝の寝所に通わせたなら、そなたの願いを何でも一つだけ叶《かな》えてやろう！」

ちょうどもう一声を欲しいと思っていたところで、皇太后が琳麗にとってもっとも魅力的な報酬を提案してきた。

「無論、一年を待たずに後宮から出ることも叶う。皇帝の子を宿していないか一年の見張りが必要とはなるが」

後宮を出て、自由に出歩けるなら、見張りぐらい何てことはない。

皇太后が命じたとなれば、邵武も認めざるを得ないだろう。

(決めた！)

「その大役、謹んでお受け致しましょう！」

報酬も魅力的だし、こっちの船の方が大きそうだ。

海に出るためなら、どんなに高級な小舟より、安全な大きな船を選ぶべきだと思う。

「この琳麗にすべておまかせてください、皇太后様」

傅《かしず》き、自信ありげな笑みを浮かべてみせる。

「そなたが味方ならこれほど心強いものはない」

「はい！」

二人の不気味な笑い声が房間に響いた。

琳麗は熱い視線を蓉羅とかわしたあとで、頭を下げ、両手を差しだす。

「約束を違《たが》えぬように、な」

「それは皇太后様も」

小袋を蓉羅からもらい受ける。手にずしりと楽しげな感触が伝わってきた。

(ふふふ、今から房間に帰って開けるのが楽しみだわ！)

「お役目に当たって皇太后様に一つだけお聞きしたいことがあります」

後宮一番の悪女同様、引き受けたからには万全に、全力で取りかかるつもりだ。

「何だ？　邵武のことか？　私から言えることなら何でも話そう」

もちろん、役目に関係ないことを聞くつもりはない。

琳麗は真剣な顔で尋ねた。

「お聞きしたいのは、陛下の女性の好みについてです」

「ふ、ははは……それを私に尋ねるか？」

皇太后が突然、さも面白いように笑い声をあげる。

なぜ笑われたのかわからずに琳麗は首を傾《かし》げた。

「なにかおかしいでしょうか？」

「いや、私の勘違いだ、気にするな」

不意に目を伏せ、後悔の滲《にじ》んだ表情で蓉羅が話し始めた。

「邵武の好みか……あやつには少しばかり悪いことをしたと思っておる」

「悪いことを？」

ただどんな女性をあてがえばいいのか、傾向を教えて欲しかったのだけれど、どうやら何かあるらしい。

「あれはまだ邵武が十を少し過ぎた頃か。あやつの後宮に入る妃嬪候補を集めて、顔合わせを兼ねて引き合わせてみたことがある」

後宮は一部の例外を除いて、皇帝が代替わりすると妃嬪達を総入替えすると聞いたことがある。

事前に準備をするのは当然のことだろう。

「だが、邵武の反応は私が思っていたのとは違った」

「と申されますと？」

まだ幼い邵武は自分の妃嬪候補の女性達を見てどんな反応をしたのだろうか。

「耳を貸せ。大きな声で話せることではない」

頷《うなず》くと、蓉羅の座る椅子のすぐ横に向かい、膝を折る。

小声で事の詳細を教えてくれる。

「その時、邵武は――」

「陛下に知られぬよう収めるのには、苦労した」

皇太后の話を聞いて、納得した。

邵武がぼんやり顔を好むのは、その時の心の傷によるものかもしれない。

(ただの不美人好きじゃなかったのか。うーん、これは策を練らないと)

好みの女性をあてがうといっても、一筋縄ではいかなそうだ。

「一人で考えたいことがありますので、おいとまさせていただいてもよろしいでしょうか？」

「行け。頼みにしておるぞ、琳麗」

琳麗は皇太后の房間を出ると、さっそくあれこれと考えをめぐらせ始めた。

※　※　※

皇帝の居室である清瑠殿の、寝所の反対側の入り口から入ったところに、皇帝が政務を行う房間がある。

宦官《かんがん》以外の役人を集めて話す必要があったり、外部の者と会ったりする時は、後宮の外にある別の場所を使うが、それ以外は後宮内のこの房間を使う。

話が漏れたり、他の者に気を遣ったりする必要がないからだ。

「…………」

四夫人任命のための宴《うたげ》から戻った邵武は、そこで書簡に次々と目を通していた。

房間の中は驚くほどに質素だ。

調度品の類いはなく、装飾も申し訳程度しかない。この房間が邵武のものになった時、政務に集中するのに邪魔だと、要らない物はすべて取り払わせたのだ。

ガタつくようなことのない頑丈で大きな丸い卓と椅子、その周囲に書簡やら木簡やらが積まれた棚だけが並べてある。

あとは幾つかの屏風《びょうぶ》が壁沿いに置かれているぐらいだ。

効率的に政務を行えるようにとだけ考えられた房間は徹底的に無駄が省かれていた。

「ふぅ……」

一区切りついた邵武は大きく息をはいた。

「玉樹はまだ戻らないのか」

誰に言うでもなく呟《つぶや》く。

いつもならば側近の宦官である玉樹だけがこの房間に待機しているのだが、今は他の役目を命じているのでいない。

(今日の宴は久しぶりに嫌な感じがしたな)

近頃は琳麗がいたから気にならなかったのだが、邵武は昔から後宮の宴というものがどうも苦手だった。

大勢の妃嬪が集まり、しかも競い合ってめかし込み、皇帝である自分の気を引こうと欲望に満ちた視線を向けてくる。

昔のようにあちこち触れようとするような輩《やから》は、さすがにいなかったのだが……。

「嫌なことを思い出してしまったな」

心底不機嫌そうに、邵武は眉間に皺《しわ》を寄せた。

※　※　※

それは今から十年以上も前のこと、まだ邵武が太子だった頃――。

手習いをしていたところへ、突然使いの者が来た。

「太子様、皇后様がお呼びだそうです」

対応した灰色の瞳をした近習《きんじゅ》の少年が邵武に耳打ちする。

「母上が!? すぐに行くと伝えて！」

母であり皇后でもある蓉羅はその頃、後宮の管理で忙しく、息子である邵武でも毎日会うことは叶わなかった。

だから、邵武はその言葉に喜び、急いで支度をすると供の者を連れて指示された場所に向かう。

しかし、近習が扉を開けたところでその足が止まった。

「母上？……どちらにいらっしゃるのですか？」

房間の中には、十代前半から二十代前半ほどの十数人の女性が待っていた。その全員が一斉に扉の前で立《た》ち竦《すく》む邵武を見る。

「邵武か？ こちらへきなさい」

「あ、はい！」

母に言われて、邵武は勇気を振り絞って声のした方に向かって歩き始めた。女性達の間にさっと道ができて、その中を進む。

全身をじっと見られているのを感じて冷や汗が出てくる。全員が節句の時のように色鮮やかな襦裙《じゅくん》を身に着けており、色が多すぎて、眩暈《めまい》がしそうだった。

（この女性達はなんだ？）

女性達の顔は病人かと思うほどに白く、口は大きく赤く、目元も黒の墨で囲むように塗られている。

幼い邵武には、全員同じようなその格好が恐ろしかった。

さらに耐えがたいのは、房間を満たすクラクラとするような濃厚な香りだ。女性達がつけている香によるものなのだろうが、何種類もの香りが混ざり合ってしまっている。

（気分が悪い）

けれど、母が呼んでいるし、太子として情けない姿を見せるわけにもいかない。

邵武は気丈に胸を張って、女性達の間を歩いた。

「ふふふ……」

すると誰かがふわりと自分のうなじの辺りに触れてくる。

思わずびくっと身体《からだ》を震わせてしまう。

「誰？　不敬よ」

「少しぐらい、いいでしょ」

それから、女性の妖しい笑い声があちらこちらで聞こえ、手が伸びてきた。

「可愛《かわい》い」

「ぜひ私を」

耳元で囁《ささや》かれ、身体のあちこちを触られる。

それに何の意味があるのか、幼い邵武にはまったくわからない。

気味の悪さだけが膨らんでいく。

「やっと来たのね、私の可愛い邵武」

何とか母の前までたどり着く。

その頃には身体が重く、頭の中でガンガンと銅鑼《どら》が鳴っていた。

「どうだい、邵武？　この娘達を見て、どう思う？」

もう振り返りたくなどなかった。集まった女性達を見たくなかった。

けれど、母に命じられては断れない。

ゆっくりともう一度先ほどの女性達を見る。

「特にこの女子なんて、年も近くて、気も合いそうだが……邵武？」

振り返ると女性達の視線が一斉に邵武を突き刺す。

そして、彼女達の香り、色、あらゆる刺激が襲ってくる。

その瞬間、目の前が真っ白になった。

「邵武？　どうしたんだい？　邵武！」

記憶に残っているのは必死に自分の名を呼ぶ母の声だけだった。

限界だった邵武は青ざめ、そのまま意識を失ったのだ。

※　※　※

嫌な記憶ほど、ふとしたきっかけで蘇《よみがえ》ってくる。

そのまま忘れられる術を会得できれば、どれほど良いだろうか。

「……下？　邵武様？」

気づけば玉樹が戻っており、自分を呼んでいた。

「どうした？」

尋ねると、邵武の懐刀の宦官から冷ややかな視線が返ってくる。

「どうしたではありません。貴方様《あなたさま》のご命令で、琳麗様の動向を探っていたのではありませんか」

先ほどの宴で母である蓉羅の侍女が賢妃の席の辺りで誰かを探す様子だったのを見て、玉樹に琳麗を見張らせたのだ。

当の本人は、宴が終わるとさっさと房間に引っ込んでいて、皇太后の侍女は会えなかったというところまでは報告を受けていた。

「あぁ、そうだった。それで母上はどうされた？」

「皇太后様は朱花宮に使いを送り、改めて琳麗様を呼びつけておいででした」

一度空振りしても、諦めない。

母は思ったよりも後宮一番の悪女に興味があるようだ。

問題は相手側だが……。

「それで？　琳麗は応じたのか？」

「はい。すぐに暁羅殿に向かい、まだ出てきた形跡はありません。今も他の者に見張らせております」

すでに宴からかなりの時が経《た》っている。

ただの挨拶程度ならすぐに暁羅殿から出てくるはずだ。二人の話がそれだけ弾んでいるということだろう。

あの二人は現実主義者で、くせ者という点で、似たもの同士だ。

気の強さから真っ向からぶつかることもあるだろうが、気が合うということも充分にありえた。

万が一、あの二人が手を組むと、かなり厄介だ。

会話の内容が気になるが、皇帝の邵武であっても、さすがに皇后の住まいに誰かをしのび込ませて、盗み聞きさせるわけにはいかない。

せいぜいできることといえば、皇太后の房間から出てきた琳麗の顔色を確かめることぐらいだ。

「嫌な予感がする」

口にはしたくなかったのに、邵武はつい呟いていた。

二章　やり手な悪女に鞍替えいたします

　皇太后が主導した任命の宴《うたげ》から数日後の昼、邵武《しょうぶ》は玉樹《ぎょくじゅ》を伴って清瑠殿《せいりゅうでん》を出ると、朱《しゅ》花宮《かきゅう》に続く道を歩いていた。

「なぜ俺が出向かねばならん」

「琳麗《りんれい》様が会う場所は決めさせてほしいと、どうしても引かなかったのです。なるべく早く話をしたいからと陛下が納得されたのではありませんか」

　不機嫌さを隠すことなくいると、玉樹から非難の言葉が飛んでくる。

　玉樹は優秀な宦官《かんがん》ではあるが、皇帝に対しても遠慮や優しさといったものがない。だからこそ右腕として側に置いているので文句は言えないが、正直、今は愚痴ぐらい言わせてほしい。

「琳麗が俺を裏切って皇太后と何か企《たくら》むようなことはないだろうな」

「わかりません。それを見極めるために出向いているのですから」

　会談後、二人とも上機嫌だったことは確認できている。特に琳麗は満面の笑みで暁羅《きょうら》殿《でん》から出てきたそうだ。

何らかの密約を交わした、とまでは断言できないが、関係は良好のようで、邵武として
は由々しき事態だった。

その後、蓉羅《ようら》と琳麗を見張らせたのだけれど、双方ともに目立った動きはない。

痺《しび》れを切らした邵武は琳麗に直接問いただそうと、玉樹を送って会うように命じたのだ
けれど、寝所に来ることは拒まれた。

後宮を出るため、寝所へ呼ばれたくないのだろう。

仕方なく、邵武の方から出向くことになったというわけだ。

「さっさと諦めて後宮に腰を据えればいいものを」

「最初に出られるという希望を与えたのが悪いのです」

またも邵武の独り言に玉樹が冷たく反応する。

ここまで来ると、日頃こき使っていることを妬んで、わざとやっているのではないかと
疑いたくなる。

「ならば、お前ならどうするのだ？」

「琳麗様を手元に置きたければ……」

玉樹は顎に手を当てて、考え込むようなそぶりを見せた。

　この冷酷な宦官からどのような答えが出てくるのか、楽しみだ。

「後宮からは出られないことを決定づけ、絶望させた上で、折を見て好きな物を徐々に与えていって、だんだんと、ゆっくりと籠絡していきます」

　予想外の答えに、思わず一歩玉樹から距離を取る。

「後宮にいて、陛下の言う通りにすれば、いくらでも好きな物が手に入り、いくらでも好きなことができると心と身体に刻みつけるのです」

「あれは権力は欲しないくせに、物欲はあるからな」

　以前、乳鉢を贈った時、今にも飛び跳ねそうなほど喜んでいたことを思い出す。

（好きなものを、ゆっくりと、か）

　玉樹の答えは非道な部分を除けば、それなりに参考になりそうだ。何度も邵武が命じて琳麗のことを探らせているからか、よく彼女のことを理解している。

「しかし、今からでは難しいかもしれません。結果的にとはいえ、陛下は琳麗様との約束を守られなかったのですから。相手も頑《かたく》なになっているはずです」

「最初に言え！　それに俺は約束を反故《ほご》にしたわけではない。一年の猶予があったというだけだ」

　珍しく玉樹に感心していたのだが、すべて撤回だ。

「でしたら、一年の猶予がなくなれば、陛下は琳麗様を後宮から出すことをお許しになるのですか？」

「無論だ。だが、猶予をなくすようなことは絶対にしないぞ」

玉樹が呆《あき》れたような視線を向けてくるが、邵武はそれ以上何も言わなかった。

琳麗は、他の妃嬪《ひひん》と違う。

共にいて退屈しないし、同じ方向を見て、議論を交わすこともできる。

何とか側に置いておきたい。

（焦る必要はない）

相手は後宮にいて、自分は皇帝だ。口説く機会はいくらでもある。実際、本人にもずっと後宮にいると言わせてやると伝えている。

寝所に呼ばれた最後の日から一年間という期限があるとはいえ、それを延ばすことは邵武にとって容易《たやす》い。

しかし、今は蓉羅の動きも気になるし、なるべく琳麗を刺激しない方が良いだろう。

「陛下、着きました」

「……んっ？」

先を歩いていた玉樹の足が止まる。

「本当にここが、琳麗の指定してきた場所なのか？」

思わず尋ねずにいられなかった。

そこは何の変哲もない朱花宮の廊下だったからだ。

房間《へや》どころか楼でも、茶屋や花園でもなく、特に見晴らしがいいわけでもない。

皇帝をただの廊下に呼び出すなんて前代未聞だ。

「間違いございません」

「先に……何でもない！」

玉樹に「先に言え！」と怒ろうと思ったけれど、不毛なやりとりはやめることにした。

会う場所を琳麗に一任していいと許可したのは自分だし、廊下だと聞かされれば、さすがに皇帝として難色を示したはずだ。

聞かされていなかったのであれば、向かう途中で偶然、廊下で出会ったという体裁が取れなくはない。

玉樹はそこまで考えて、邵武にあえて伝えなかったのだろう。

甚だ不本意ではあるが仕方ない。

「で、どこにいる？」

落ち着いて周囲を見渡すと、廊下の先に琳麗らしき後ろ姿を見つける。髪を結い上げて大きな簪《かんざし》を挿しているが、彼女だろう。

「琳麗、なぜこんなところで待ち合わせを？　どこか落ち着ける場所で話をしよう」

廊下では人払いも難しい。動かない琳麗を歯がゆく思いながらも、邵武は琳麗の元に向かった。

しかし、近づいても彼女は振り向こうともしない。

明らかに様子が変だ。

「なぜこちらを見ないんだ？　何にへそを曲げている？」

呼び出しておいて、その態度はない。さすがに頭に来て、腕を摑《つか》むと、やや強引にこちらを向かせる。

「何とか言ったらどう……だ？」

違和感を覚え、邵武は目の前の琳麗らしき女性を改めてよく見た。

緋色《ひいろ》の艶《あで》やかな襦裙《じゅくん》に目力を強調するような瞳まわりの化粧や鮮やかな赤い唇は、パッと見た感じは琳麗に似ている。

しかし、泣き黒子《ぼくろ》が目元にあるところが異なっている気がした。

また、腕を摑んで振り返らせた拍子に大きな簪が抜け、赤みがかった波打つ髪が広がっているが、その髪の色が……違う。

化粧と服装で、琳麗と雰囲気が似てはいるが別人だった。

確か琳麗とよく一緒にいる妃嬪だ。

「お前は……」

名と位を思い出そうとするがどちらもさっとは出てこない。

「陛下、新しく淑妃《しゅくひ》になりました、蝶花《ちょうか》ですわ」

蝶花と名乗った妃嬪は、にこりと微笑《ほほえ》み、頭を下げる。

「そ、そうだったな。で、ここで何を――」

「お姉様とお間違えになるなんて、陛下って本当に妃嬪にご興味がないのですね」

頭を上げた蝶花と目が合う。まったく悪気がなさそうにそう告げると、彼女はくるりと背を向ける。

その際に、不安定な簪を抜いた蝶花の赤毛がふわりと風を含んだ。

「でもわたくし、陛下に話しかけられ、腕を摑まれてしまいました。嬉《うれ》しい！」

そして、楽しそうに逃げだしていった。

（あれは……何だ？）

あまりに不可解で、邵武は首を傾《かし》げた。

皇帝に接しても緊張感のないあの態度は、明らかに琳麗の影響だろうが……。

「そうだ、琳麗！　琳麗はどこにいる？」

朱花宮に来たのは彼女と話をするためだ。

蝶花のことは今はいい。

「そこか！」

周囲をもう一度見渡すと、今度は廊下に面した庭で誰かがさっと姿を隠した。侍女の服を着ていたけれど、きっと琳麗だろう。

廊下から外れ、庭に入ると行方を追う。

「そこの者、動くな！」

さらに逃げようとしたので、声を上げる。

侍女はさすがに逆らうことはせず、観念したように足を止めた。

「琳麗、侍女に化ければわからないとでも思ったか？」

今度こそ捕まえたと、肩を摑んでこちらを向かせる。

「いいかげんに……」

文句を言いかけたところで、またしても違和感を覚える。

水色の簡素な衣は侍女が纏《まと》うものだが、琳麗にしては妙におとなしい。

雀斑《そばかす》顔を見ると、何かでわざと描いたような作り物の雀斑だった。それぐらいの判別はつく。

さきほどの蝶花と同じように、琳麗に似ているが違う。

よく見ると琳麗より背が低く、顔も幼い。この侍女の格好をした妃嬪も琳麗とよく一緒にいる妃嬪の一人だ。

大きな金茶色の瞳に、栗色《くりいろ》の髪をしている。

その髪は、左右の上部が一束ずつ兎《うさぎ》の耳のように結われていた。

「お前は……」

やはり名も位もすぐには思い出せない。

「昭媛《しょうえん》で、名を風蓮《ふうれん》と申します。以後、御見知りおきくださいませ」

丁寧だが、たどたどしい口調で名乗ったのは、侍女ではなく昭媛であった。

「そ、そうだったな。覚えておく」

「嬉しく存じます」

風蓮が恭しく邵武に礼をすると、下を向きながら「おねえさまの言う通りにしてよかったです」と微《かす》かに呟《つぶや》いた。

「このような格好で恐縮なのですが、宜《よろ》しければもう少しお話しいただけませんか？」

勇気を振り絞るようにして、風蓮が誘ってくる。

「すまないが、別の約束があるのだ。また今度な」

控えめながら一所懸命な様子に、申し訳なく思いながらも断ると、逃げ出すようにその場を離れる。

（また間違えた！）

二度も琳麗と他の妃嬪を間違えて、大いにばつが悪い。

それにしても、なぜ今日は他の妃嬪が琳麗のような格好をしているのだろう。

「いや、考えるまでもない」

彼女達の口にしたお姉様とは、琳麗に間違いないだろう。

わざと邵武が他の妃嬪と間違えるように仕向けている。

（だが、何の目的でだ？）

今回のことで琳麗には何の得もない。逆に邵武の印象が悪くなるだけだ。

得をした者は……皇帝の覚えがあったという意味では蝶花、風蓮の二人だろう。

そこで一つの考えにたどりつく。

「もしかして、俺に複数の妃嬪と出会うように仕向けているのか？」

それを琳麗が主導する理由は、すぐに検討がついた。

（皇太后と何かしらの密約を交わしたな、琳麗）

今まで大人しくしていた皇太后が突然現れ、空席になった四夫人を強引に指名した理由はすぐに想像がついた。

後宮の縮小はいいが、いいかげん世継ぎを産ませろと暗に邵武に言っているのだろう。

その皇太后の思惑に琳麗が乗っかったのだとしたら、今日の行動は納得がいく。

些《いささ》か回りくどすぎるような気がするが、それはあの変わり者の琳麗だからだろう。

「陛下、そのようなところで、難しい顔をされてどうなさいました？」

庭を歩きながら考えごとをしていると、誰かに声を掛けられた。

今度はあまり記憶にない妃嬪ではなく、どこか耳に覚えのあるものだ。

「ああ、梓蘭《しらん》か」

近くに二重櫓《にじゅうやぐら》を赤い六本柱で支えている東屋《あずまや》があり、そこには見覚えのある妃嬪が腰掛けこちらを見ている。

新たに皇太后の推薦で徳妃《とくひ》として指名された梓蘭だった。昔から皇太后に可愛《かわい》がられている妃嬪の一人で、邵武も古くから顔見知りだ。

色気のある彼女の容姿は、正直あまり得意ではない。

（むっ、もしかしたら梓蘭も琳麗に？）

「陛下？　どうかなされましたか？」

「いや、何でもない。少し俺も休ませてくれ」

一瞬警戒したが、彼女には琳麗の面影はない。

安心したからか少し疲れを覚え、自然と梓蘭の向かいの椅子に腰掛けた。

「陛下、お茶はいかがですか？」

「貰《もら》おう」

自分で飲むために用意してきたのだろう。梓蘭は東屋に椅子だけでなく、卓と茶道具を持ち込んでいた。

碗《わん》に茶葉を粉状にしたものを一匙《さじ》と、陶器の瓶《かめ》に入れてあった湯を柄杓《ひしゃく》で入れて、竹の茶筅《ちゃせん》でかき混ぜていく。

茶葉を煮たたせ、その上澄みを器に入れて飲むのが普通だが、粉にした物なら火を焚《た》かずとも飲めると、主に市井で流行《はや》っていると耳にしたことがある。

「お口に合うとよいのですが」

「いただこう」

梓蘭が毒味をした後、碗を受け取り、口に入れる。

渇いていた喉に、ほどよい温度の茶葉の香りが広がっていく。

「美味《うま》い、見事な茶だな」

「陛下にそう言って頂き、嬉しゅうございます」

短い感想だったけれど、梓蘭は視線を斜め下にそらし、微笑んでいる。

「陛下は庭で何をなさっていらっしゃったのですか？」

「琳麗を捜していたのだが、他の妃嬪《ひひん》に謀られてな。皆、妙にあいつの影響を受けて、俺をぞんざいにしていないか？」

昔なじみの気安さからか、つい愚痴を言ってしまう。

「そんなことはありません。妃嬪達はすべて陛下のことを尊敬し、お慕いしております。少なくともわたしは……そうです」

梓蘭は目を合わせたかと思うと、またもさっとそらした。

しおらしく控え目な態度に、好感を持つ。

（それにしても妙に落ち着くな）

東屋は元から景色の良いところに建てられるので、茶を飲むには絶好の場所だった。

時折吹く柔らかな風が梓蘭の香りを微かに乗せて来るが、今日は嫌いな強い香や化粧の匂いはせず、むしろ自然で良い香りがする。

（いや、待て！）

そこでまたも邵武は違和感を覚えた。

正確には違和感がなさ過ぎることをおかしいと思ったのだ。

付き合いが長いとはいえ、苦手なはずの妃嬪の向かいに腰掛け、落ち着いて茶を飲み、愚痴を言うなど、客観的に見れば妙なことだらけだ。邵武らしくない。

改めて梓蘭を見る。

「陛下……？」

記憶では胸元が開いた衣に、白黒と赤のはっきりとした化粧、香油を塗りたくっただろう艶々とした肌だったが、今の梓蘭にはその面影が一つもない。

肌は首しかでないほど胸元がきつく締められており、それでも襦裙《じゅくん》の上から胸の膨らみがわかる。慎みがあるせいで落差が気になるのだ。

化粧はうっすらとだけしており、元の顔を柔らかく、優しい印象にしていた。

こんな化粧一つで、印象まで変わるとは……。

梓蘭は色香漂う邵武の苦手な女性らしい女性から、癒やされ、包容力のある控え目な美人に変貌している。

性格だけは元から大人しめだったので、わざとらしさもない。

邵武が妙に落ち着き、警戒心もなかったのは、それらのせいだろう。

「陛下？　そのようにじっと見られては恥ずかしいです」

「すまない……その格好、もしやお前も琳麗の差し金か？」

尋ねると、梓蘭が頬を赤く染めて頷《うなず》く。

いつもなら厚塗りの白粉《おしろい》で隠れてしまうが、今日はよく表情の変化がわかる。

（……ではない！　またしても琳麗にしてやられたか！）

「琳麗様は噂《うわさ》と違い、とても親切な方ですね。わざわざ尋ねてこられ、わたしに合う化粧や衣、仕草など、色々と助言をくださいました」

どうやら先の二人と違い、梓蘭は琳麗に仕向けられたという意識はないらしい。

なお、たちが悪い。

「茶道具を持参して朱花宮の東屋で待っているように言われたのは半信半疑でしたが、こうして陛下にお会いでき、お言葉を交わすことができて、大変嬉《うれ》しゅうございます」

口元を隠して、控え目に「ふふっ」と笑う。

まったくもって琳麗の策は末恐ろしかった。

苦手だった梓蘭をこうも変えてしまうとは、夢にも思わなかった。

しかし、彼女の証言ではっきりとした。

間違いなく、琳麗は皇太后からの何かしらの報酬につられて、邵武に他の妃嬪を押しつけるよう手回しをしている。

「梓蘭、すまない。少し騒がしくするぞ」

「え、ええ。わたしはかまいませんが……」

断りを入れると、邵武は声を張り上げた。

「琳麗！　どうせ見ているのだろう、出てきて話をしろ！　これ以上逃げ回るようなら、捕まえて有無を言わさず寝所へ連れて行くぞ！」

声の大きさと文句に梓蘭が「まあ、大胆な」と目を丸くしながら呟いているが、気にせず琳麗の名を呼びつづける。

「琳麗！　この裏切り者！」

すると近くの岩がいきなりぬっと動いた。

わざわざ染めたのだろうか、岩色の侍女の衣を着て、手には枝を持っている。

見せないようにしていた顔こそ、しっかり化粧をしていたものの、その姿は完全に自然に溶け込んでいた。見つかるわけがない。

「今のはさすがに反則ではありませんか？」

ぷくっと頬を膨らませると、手にしていた枝を置き、パンパンと手で衣の汚れを落とす。

その格好には邵武も驚いたが、梓蘭など完全に言葉を失ってしまっている。

「呼び出しておいて、出てこないお前が悪い」

「それはそうですけど、寝所に連れ込む発言はどうかと思います」

そうでも言わないと出てこないつもりだったろうと、睨《にら》みつける。

「これはどういうことだ？　説明しろ」

「偶然出会った数々の美人さん達のことですか？　どなたが好みでした？」

琳麗は視線を梓蘭に誘導し、問いにはすっとぼけた。

すっかり邵武に妃嬪を押しつける気満々のようだ。

「聞いているのは俺の方だ。琳麗、裏切ったのだな？」

誤魔化すか、申し訳なさそうにするものだと思ったけれど、琳麗はあっけらかんとしている。

「人聞きの悪いことを言わないでください。皇太后様が御命じになったことに従っただけです」

これで皇太后と琳麗が手を結んだことが確定した。

何とも頭が痛い。

「よけいなことをするな！」

「国の繁栄につくすのは後宮の妃嬪として当然のお役目です」

「うわべだけで騙《だま》されるものか」

断言してもいい。琳麗はそんな大義なことは考えていない。

「そのうわべすら見抜けなかったのは陛下では？　雰囲気で他の妃嬪を私と間違えたのは、まともに向き合ってこられなかったからではないですか？　皇太后様のご心配もわかります」

「ぐっ……」

自分は、他の妃嬪達を、琳麗と間違えた。

それは事実であり、反論のしようがなかった。

後悔の念がこみ上げてくる。

「化粧の力を甘くみないで頂きたいです。手軽になりたい自分になれるのですよ。それは、今、証明できました」

不敵に微笑《ほほえ》む琳麗は、邵武が間違えたことを誇っているようだ。

（俺の気も知らないで……）

邵武は焦《じ》れる気持ちで、琳麗を見た。彼女の顔に嫉妬はなく、明らかに楽しんで腕を振るっている。

「ならば、見せてみろ。化粧を使って他の妃嬪に惚《ほ》れさせてみろ」

琳麗以外の妃嬪に目を向けてしまったのは、ただの偶然である。

間違えたことには謝りたかったが、さらに琳麗が強気に出るので、売り言葉に買い言葉となってしまう。

「ではどのような女性がお好みなのですか？　その通りにしてみせます」

「そうだな。匂いがしなくてもこちらに好意を寄せてくる妃嬪というだけで駄目だ。守ってやりたい儚《はかな》げな者に心動かされるのではないか？」

気づけば、琳麗の化粧姿とは正反対のことを口にしていた。

これでは当てつけのようだ。

しまったと思ったが、すでに手遅れだった。

唇を突き出す琳麗の顔には、これでもかと自分への怒りが表れている。

「何ですか！　その少年のような幻想は！」

「だから、初めからお前の斡旋《あっせん》など受けつけていない！」

ここが誰にも聞かれることのない清瑠殿《せいりゅうでん》ではなく、朱花宮で、梓蘭が側にいることも忘れて、怒鳴りつけてしまった。

そして、もう琳麗と視線を合わせていられず、背を向ける。

これ以上何を話しても喧嘩腰《けんかごし》にしかならないだろう。

何も言わずにその場から離れる。

「っ……」

混ざり合った感情がこみ上げてくる。

皇帝であっても、ままならないことは多い。

それは一人の女性の心どころか、自分の心さえもだ。

※　※　※

琳麗は怒って去って行く邵武の後ろ姿を見送っていた。

少しやり過ぎたかもしれない。

いや、だいぶだろうか。

どこか彼の後ろ姿は寂しげだった。もっと違うことを、違う雰囲気で琳麗と話したかったのではないだろうかと、胸が痛み始める。

しかし、もう邵武の背中は遠く、何もできない。

「琳麗様、大丈夫ですか？」

一連のやりとりを近くで聞いていた梓蘭が、控え目に聞いてくる。

すっかり彼女のことを忘れて、邵武と思い切り言い合うところを見せてしまった。

「驚かせて、ごめんなさい。私は何ともありません、後宮一番の悪女ですから。陛下と喧《けん》嘩《か》なんて日常茶飯事です」

不安にさせまいと、空元気を出す。

するとそれを敏感に感じ取ってか、梓蘭はただ優しく微笑んでくれた。包容力のある女性とは、まさしくこの人みたいなことを言うのだろう。

「琳麗様が羨ましいです」

「そうでしょう。こんなことをしていたら、いつ首が飛んでもおかしくないし……って、羨ましい？」

聞き返すと、梓蘭が間違いないと頷く。

「陛下はいつもわたしを暗に遠ざけてこられました。実際にお側にいても、お心をどこか遠くに置かれているかのようで」

梓蘭は邵武が今まで座っていた場所を見つめ、悲しげな表情をしている。

「それに引き替え、琳麗様は陛下とああして本音をぶつけ合うことができて、とても近くにおられます。それが羨ましいと感じたのです」

言わんとしていることは琳麗にもわかる。

心の距離が遠いのは、実際の距離が遠い以上に悲しい。

前の徳妃のように後宮の壁の中と外で想《おも》い合っているのならば、その距離を詰めてあげればいい。

けれど、心はいきなり近づくことはできない。

「陛下が悪いのです。きちんと妃嬪《ひひん》を見てくれていなかったのですから。でも、今日の梓蘭様と陛下は大変良い雰囲気だったので、今後はきっと良い関係になれますよ」

「その点について、琳麗様には大変感謝しております。陛下がわたしのすべてをお嫌いなのではないと教えて頂きました。自信を頂きました。けれど……」

言おうか言うまいか迷っているかのように、梓蘭が言葉を途切れさせ俯《うつむ》く。

そして、決意したように顔を上げた。

「あまり妃嬪への態度の件で、陛下を責めないで頂きたいのです」

ただ邵武を想っての、というより何か訳がありそうだった。

彼女の顔をじっと見つめる。

琳麗は集中すれば、化粧をしていても相手の機微を読み取ることができる。

それは化粧箱を広める中で何百という女性の顔を見てきたために会得したもので、技というより、仙術の類いに近い。

(この表情は悲しみ、それに……後悔？)

遠ざけられてきた梓蘭にどんな自責の念があるというのだろうか。

「事情を伺っても？」

「……ごめんなさい。言えないことでして、お許しください」

梓蘭は一瞬口を開こうとしたのだけれど、結局閉ざしてしまった。

もしかして、邵武に関係することだから簡単には話せないのだろうか。

(あっ!?)

そこでピンと来る。

思い出したのは、皇太后にこっそり聞いた邵武の幼い頃の話だ。

誰かに聞かれないよう、椅子を梓蘭のすぐ側に置いて座る。

「もしかして、陛下が倒れられた時に梓蘭様もいらっしゃったのですか？」

「なぜ、琳麗様がそれを!?」

小声で確認すると、彼女は驚いたように琳麗を見た。

「陛下の女性の好みを聞く流れで、皇太后様から内密にとお話を伺ったのです」

「そうでしたか」

悲しそうに下を向くと、梓蘭は思い出すようにぽつぽつと話し始めた。

「あの時は、蓉羅様に呼ばれて初めて陛下、当時の太子様にお会いすることになっていました」

後の話は蓉羅から聞いたのと同じだった。

邵武は房間に集められた妃嬪候補と引き合わせられたが、おそらくはその場の雰囲気と化粧や香の匂いで、しばらくしてから卒倒してしまう。

梓蘭はその場の女性の一人として見ていただけであったが、責任を強く感じているのだろう。

「目の前で太子様が倒れられ、とても恐ろしかった。いつ首をはねられるのかと怯《おび》えていましたが、蓉羅様が何とかしてくださいました」

その場にいた妃嬪達は罪に問われなかったけれど、一切の口外を禁止された。

「だから、陛下が女性を遠ざけるのはわたしの責でもあるのです」

胸に手を置いて、彼女にしては強い口調で主張する。

梓蘭は幼い邵武が倒れたことに、ずっと責任を感じていたようだ。

もう大丈夫だと、何も背負わなくていいと梓蘭に教えてあげたい。

こんな美人に悲しい顔は似合わない。

そのためにも……。

ふと、誰かが東屋《あずまや》に近づいてきたのに気づく。

「お姉様、こんなところにいらっしゃったのですね。捜しましたよ！　あれ？　陛下はお帰りになってしまわれたのですか？」

琳麗を見つけた悪女の琳麗風化粧をした蝶花が、空気を読まずに明るい声を上げながらこちらに走ってきた。

「蝶花さま、待ってください。妃嬪なのに、足が速すぎます」

その後ろには侍女の格好をした風蓮の姿もあった。

ここに四夫人が三人と九嬪の一人が集まったことになる。

考えるなら一人より二人、二人より四人の方がいい。

「はい！　皆、急いで東屋に集合！　駆け足！」

パンパンと手を叩《たた》いて、蝶花と風蓮を呼ぶ。

「待って、くだ、さい。さらに駆け足だなんて無理、です」

「お姉様、次は何をするのです？　何が始まるのです？」

興味津々の蝶花と、息が上がっている風蓮が琳麗のかけ声で急いでやってくる。

「ここに第一回〝どうしたら皇帝に心跳《きゅん》とさせるか会議〟を開きます！」

全員が集まったところで琳麗は宣言した。

当然、皆の顔はきゅんではなく、きょとんとしている。

「……舌戦の前に準備をしましょう」

誤魔化すように告げると、少し離れて待機していた侍女の瑛雪《えいせつ》に、足りない分の椅子の調達と、人数分の新しい茶を淹《い》れるようお願いする。

用意が整い、全員が一口飲んで落ち着いたところで、琳麗は改めて皆に趣旨を説明した。

「今回の反省をしつつ、陛下の好みをご本人から聞けましたので、それを踏まえて次回はどうしたらいいのかを、この場の四人で論議していきたいと思います」

「わかりましたわ、お姉様！」

どこにそんな自信があるのか、任せておいてとばかりに蝶花が手を挙げて応える。

「陛下ご自身が好みについてお話しになったって、本当ですか？」

「事実です。そこについては一緒に聞いていた梓蘭様、陛下のお言葉を二人に教えてあげてください」

風蓮への答えは、梓蘭に振る。

「あの、すみません。その前に徳妃であるわたしが、この場に相応《ふさわ》しいのでしょうか？　ここは朱花宮ですし」

今までの四夫人は陛下の寵愛《ちょうあい》を得ようと競い合っていたわけで、真面目な梓蘭はそれを気にしているのだろう。

「別に気にしなくていいと思いますよ。そんなこと言ったら、私も今では立派な翠葉宮《りょくようきゅう》の淑妃ですし」

えっへんと蝶花が胸を張って、梓蘭に答える。

「蝶花様と風蓮様は、元は朱花宮の方ですし。わたしと事情は違うかと思うのですが」

「きっと琳麗様はそのようなこと気にしませんよね？」

まだ納得していない梓蘭に、風蓮が琳麗をちらりと見ながら付け加える。

よく言ったと二人を褒めてあげたい。

「風蓮が言った通り、そんなこと私は気にしません。四夫人のいがみ合い、足の引っ張り合いなんて古い、古い。それに……」

彼女の手をぎゅっと握る。

「梓蘭様はもう私の友人、仲間の一人ですから」

「ありがとうございます。嬉《うれ》しいです」

梓蘭が泣きそうな笑顔を向けてきて、思わず心跳《きゅん》しそうになった。

「では改めて、梓蘭様、陛下のお言葉をお願いします」

「わかりました」

今度は頷《うなず》いてからすっと優雅に椅子から立ち上がり、梓蘭が口を開く。

「匂いがしなくてもこちらに好意を寄せてくる妃嬪というだけで駄目だ。守ってやりたい儚《はかな》げな者に心動かされるのではないか？　とのことです」

一語一句違《たが》わないのは、さすがだ。

皇太后のお気に入りで、徳妃となっただけある。

「うーん、好意を寄せてくるだけで駄目ってひどくないですか？　何様のつもり？」

蝶花が「今のお姉様に似てた？　似てたでしょ？」と風蓮に言い寄っている。

彼女を見ていると、皇帝を怖《おそ》れすぎないのもどうなのだろうと思う。人のことが言えるか、と言われかねないけれど……。

「前半は猪突《ちょとつ》猛進は嫌いだということではないのでしょうか？」

風蓮が非難の視線を蝶花に向けながら、意見を述べる。

「たぶんそこは、女性から目や言葉で訴えてくるのは苦手、ということだと思うわ」

梓蘭と目を合わせると、同意するように頷いてくれた。

二人には話せないが、邵武は昔の出来事から女性の欲望混じりの視線に晒《さら》されるのが苦手になっているのだろう。

深く考えれば、皇帝という位、その後ろにある財や権力ばかりを見て、邵武本人を見ない女性が嫌いとも言える。

欲望まみれの妃嬪は初めから排除するつもりだから、その点は問題ない。

「さすがお姉様！　前半に比べて、後半は簡単ですよね。儚げな女性が好みってことで」

蝶花の言葉に全員が頷く。

「でも儚げなって、どうしたらなれるのでしょうか？」

続いた風蓮の発言に、今度は全員が考え込んだ。

「お姉様、化粧でどうにかなります？」

「うーん、可能ではあるのだけれど」

すでに琳麗の頭の中に化粧の案が出来てはいる。

「でも、化粧だけでは弱いと思う」

「では今回みたいに衣も工夫します？」

侍女の格好をした風蓮が自分の姿を示す。

「ぼろぼろの衣とか？」

「それでは儚げではなく、可哀想《かわいそう》となりませんか？」

「だったら、いっそのこと全員で病人を装って……」

蝶花と風蓮があれこれと儚げについて論じているが、おそらく正解から遠くなっている。

「梓蘭様、何か案はないですか？」

真剣に考えてくれている様子の梓蘭に振ってみた。

この中で儚げに一番近いのは、彼女だろう。

「儚げという情緒は、化粧、衣といった人に付随するものだけが引き起こすのではないと思います。たとえば……景色などでしょうか」

梓蘭の言葉で正解への道が見えた気がした。

今まで化粧や衣だけにこだわり過ぎていた。その人が見たもの、聞いたもの、香り、すべてが感情の源になる。

「確かに夕日を見ていると何だか悲しくなって、儚げって感じしますよね」

「蝶花さまでもそのように思うのですね、意外です」

「わたくしだって色々あったのよ、ふふふふふ！」

まったく似ていない蝶花の悪女台詞《ぜりふ》は置いておいて、夕日はいいかもしれない。

夕方の梅林園に、思い描いた化粧をした妃嬪《ひひん》を立たせて、振り返らせる。

（うん、いける気がする！）

そこに立つ妃嬪に邵武は心跳《きゅん》として、近づくとそっと後ろから抱きしめる絵が浮かぶ。

「……？」

しかし、不意にそこで今度は胸がちくりと痛んだ。

邵武への罪悪感だろうか。もしくは情け？

（あの皇帝に情けなんて無用！　覚悟して待ってなさい！）

それ以上、胸は痛まなかったので気にせず、琳麗は三人と次の策をさらに練るべく、論議を続けた。

三章　儚げな化粧と梅林花宴

塀に囲まれ、外に出ることが許されない妃嬪達のため、後宮の広大な敷地《しきち》には多くの花木《かぼく》が植えられている。

夏には菖蒲《しょうぶ》、秋には菊、冬には蠟梅《ろうばい》や椿《つばき》などがあるが、中でも春は特別だった。

百花の王と呼ばれる大きく見事な花をつける牡丹《ぼたん》、食用や薬も兼ねる桃や杏子《あんず》、そして、特に妃嬪達から人気があるのは初春に白や朱色の小さな花が咲き誇り、香りが良く、有名な詩にも多く登場する〝梅〟だ。

梅林園では妃嬪達が満開の短い期間にこぞって花見をする。

かつては四夫人の誰が皇帝を呼べるのかを競ったという。日程のぶつけ合いや場所取り、妬んだ上での嫌がらせなどが相次いだらしいが、琳麗《りんれい》が後宮を取り仕切っているような今では、それほど殺伐としたことにはならない。

ただ、今年は違った意味で梅林園での花見が妃嬪達の間で話題となっていた。

今まで花見どころか、宴《うたげ》も自ら開かなかった後宮一番の悪女である琳麗が、皇帝とすべての妃嬪を招いて花宴《はなのえん》を開くと大々的に宣言したのだ。

宴が開かれる当日、琳麗は早起きはせず、いつも通り起床すると昼までは変わらずゆっくりと過ごし、それから自らの化粧をする前に今日のために準備した物をじっくりと確認していた。

「本当に上手《うま》くいくのですよね？」

瑛雪《えいせつ》が珍しく心配そうな顔をしている。今回のことはそれほど大ごとのようだ。

大々的に、皇帝と全妃嬪を招いた花見が失敗すれば、たちまち琳麗の立場が悪くなるからだろう。

皇太后も後宮は怖いところだと、実感が籠った言葉を口にしていた。

一度失敗しただけでも、他の妃嬪が勢力を伸ばし、琳麗は隅へと追いやられるかもしれない。

しかも、それが仲の良い蝶花《ちょうか》や風蓮《ふうれん》によって、ということも充分にありえる。

琳麗にはいまいち実感がないし、気にしていなかったけれど、皇帝の寵姫《ちょうき》は望めば多くの富と権力が手に入り、それは一族にまで及ぶからだ。

「たぶん、いや、きっと大丈夫、だと思います」

化粧をしていれば、瑛雪の心配など笑い飛ばしていただろうけれど、ぼんやり顔の琳麗では断言できなかった。

今日の主役は自分ではないし、なにより今の地位に執着していないのだから、何も気にすることはない。

化粧箱のお墨付きがなくなるのは困るけれど、そこは何とでもなる。

そう自分に言い聞かせる。

「しかし、この時期の、しかも今からというのが……」

瑛雪が言っているのは、開花の時期と、宴の始まる刻限についてだろう。

一般的に花見に良いとされるのは、香りの良い咲き初めとされるし、花を見るのであれば、暖かく天気の良い昼間だった。

けれど、今回はどちらも当てはまっていない。

今は梅の花が終わる時期であるし、宴が始まるのは夕方からだ。

「今回に限ってはその方がいいはず、なのだけど」

梓蘭《しらん》の助言から、琳麗が導き出した答えだった。

この日のために新しい化粧品も作り、合った化粧の仕方も究《きわ》めた。

邵武《しょうぶ》がどんな反応をするのか、今から楽しみで、失敗する怖れなんて何も感じ……なくはない。

さすがに失敗して極刑は困る。

「うっ……」

琳麗は今日は化粧をしていないので弱気であった。

近頃は化粧なしでもわりと度胸がついた気がしていたけれど、重大な事がある時は駄目らしい。今日はさっさと化粧をしたほうがよかった。

「お姉様！　まだ房間《へや》にいたのですか？」

うじうじしていると、声も掛けずに蝶花が房間に入ってくる。

「まだって……あっ、もう日が落ちだしてる!?」

蝶花が開けた戸からは、影が長くなっているのがわかる。

心配するほどすぐに日が沈むわけではないのだけれど、宴の当日の準備はかなりかかるので、琳麗は焦りだした。

「まずいかも……瑛雪、その化粧箱を他の侍女にも頼んで全部宴の天幕の裏に運んで、私は先に行くから」

「畏《かしこ》まりました。すぐに向かいます」

あとは瑛雪に任せると、房間から飛び出す。

「蝶花、行きましょう」

「はい、お姉様！」

「……って思ったけど忘れ物！」

琳麗は房間に戻ると、幾つも並ぶ化粧箱の中から二つを選びだし、それを胸に抱えて今度こそ梅林園へと向かって走り出した。


宦官《かんがん》達によってすでに宴会場の設営は済んでいた。

今日の花宴は何から何までが並の花見とは違う。

数日雨は降っていないので地面に布は敷かず、邪魔な塵《ごみ》や石などを退けて綺麗《きれい》にするようにだけ言ってある。

椅子と膳は直接、地面へと置く。

皇帝の席は普段なら南向きに置くが、今日に限っては南西向きにややずらしてあり、妃嬪達の席はそこから西に向かって末広がりになるよう並べてある。

天幕を三方に設置するようなことはせず、あえて妃嬪の席の後ろ側だけ、少なめに白い布で隠し、そこを休憩や準備をする場所とした。

「おぉ、やっときたか。逃げだしたのかと肝を冷やしたぞ」

天幕の裏で待っていたのは、初老で立派な髭《ひげ》を蓄えた宦官、道栄《どうえい》だった。

後宮に騙《だま》して連れてきた実行犯で、琳麗の父の友人でもあり、琳麗の功も罪も一緒に被《かぶ》る人物でもある。

つまるところ、一蓮托生《いちれんたくしょう》の身内みたいなもの、いや大元締めだ。

「ご足労ありがとうございます、道栄様」

丁寧な口調で言いながら、皮肉と恨みが籠っているのを琳麗は隠そうとしない。

道栄はそれなりの地位にあるので後宮に出入りできるが、普段は琳麗の面倒をみずに、市井で遊んでばかりいる。

だから、琳麗はそれを逆に利用して、人手が足りない時に呼び出したり、後宮では手に入らない物を調達してもらったりしていた。

今回のような大きな宴の管理には、うってつけの人物といえる。

「まったく年寄りをこき使いおって」

言葉とは逆に、にっと笑って道栄が答えた。

どうにも憎めないのが、まったくたちが悪い。

「しかし、宴に参加する者に掟《おきて》を課すなど前代未聞だぞ」

琳麗の花宴で一番突拍子もないのが、妃嬪達に課した規則だった。

一、化粧は薄め、香は禁ずる。
二、皇帝を見ないこと、皇帝の気を引こうと目立つことをしない。
三、感情を大きくださないこと、静かにする。
四、以上のことが守れない場合、宴の途中でも退席すること。

これを事前に宦官から妃嬪《ひひん》達に伝え、入り口でも厳しく確認して、納得できない者、約束できない者は出席を断固として認めない。

「妃嬪にこのようなことを命じられるのは、後宮一の悪女ぐらいであろうなあ」

道栄の言うとおり、見るな、騒ぐな、自分を出すなという妃嬪らしからぬ約束をさせられるのは、琳麗の悪女としての評判があるからこそだった。

「どうしても今日の宴に必要なことでしたので……あっ！　道栄様と立ち話している場合ではなかった。引き続き、お願いしますね」

「んっ？　あぁ、ぼんやりの方だったか。こちらは任せておけ」

きっといつもより辛辣な言葉が返ってこないので、疑問に思ったのだろう。

そして、道栄は琳麗が化粧なしの顔だったことに気づいて勝手に納得したらしく、「いけ、いけ」と手を振ってくれた。

一応礼をして、彼の側から去る。

「化粧をする場所は……」

蝶花を連れたまま、天幕の裏を見渡す。道栄に聞いておけば良かったと後悔したところで、こちらに向かって手を振る妃嬪達の姿を見つけた。

「おねえさま、こちらです」

「ご苦労様です、琳麗様」

声を掛けてきたのは風蓮と梓蘭で、他にも十人ほどの妃嬪達がお揃《そろ》いの衣装を着て、琳麗を待っている。

今日の宴での協力を申し出てくれた人達だ。

彼女達の後ろには複数の椅子と、荷物を置くための背の高い卓、あとは本人にも見てもらうために、大きめの高級な銅鏡が置いてある。

化粧をするため、琳麗が道栄に頼んでおいたものだ。

「皆、来てくれてありがとう。時がないのでさっそく始めるわね」

琳麗の雀斑《そばかす》があるぼんやり顔をきちんと見たことがない梓蘭や他の妃嬪が、いつもの圧のなさに微《かす》かに首を傾《かし》げているけれど、そこはもう触れずに化粧箱を卓に置いて準備を始める。

「まずは……蝶花からお願い」

「はーい！　お姉様、よろしくお願いします」

元気に手を挙げて、琳麗の前の椅子に座る。

「この後はその元気な返事も禁止だからね」

「ちゃんとわかってますって。この蝶花にお任せてください、お姉様」

風蓮からも深いため息が聞こえてくるけれど、彼女を信じるしかない。

まずは許せる限り薄くしてきたのだろう蝶花の化粧を、銅の小箱から取り出した油漬けされた手拭で手早く、綺麗に落としていく。

「うわ、もう素顔になってる。さすがお姉様の黄金の指！」

横に置かれた銅鏡をちらっと見て、蝶花が驚きの声を上げ、風蓮と梓蘭は見たら悪いと顔を背ける。

普段なら「黄金の指って何？」と突っ込むところだけれど、今の琳麗は集中していて、化粧に関わりないことは一切耳に入ってこない。

（化粧は本人を引き立たせるのが一番。今回は陛下の好みに合わせるけれど、個性を消すようなことはしない）

決意を胸に、まずは絹雲母《きぬうんも》などから作った下塗りの化粧液を取ると、綿花を使って蝶花の肌へ丁寧に馴染《なじ》ませていく。

（不健康ではなくて、透き通るような肌に）

この化粧液は琳麗が自ら調合した特別製で、普段ならまず入れることのない藤の花から抽出した液を混ぜてあった。

こうすることで肌の黄みが目立たなくなり、透明感を出せる。妃嬪の中では、風蓮に続いて若い蝶花なので下地の化粧だけでも充分輝いて見える。

続いて、絹雲母の粉を大きな刷毛《はけ》で顔にふわりと伸ばし、全体に馴染ませていくとさらに肌が綺麗に整っていく。

そこへ、今度は濃淡の違う二種類の琥珀《こはく》の粉で顔に陰影をつけていった。下地に青みを入れた分、ここではなるべく丸みを強調して、健康さを出す。

眉墨はいつもより淡いものを使い、自然な感じに止《とど》める。

瞼影《アイシャドー》には紫水晶《アメジスト》の配分を多めにしたものを使い、あまり重ね塗りせずに、あえて大まかに瞼《まぶた》にのせた。

（狙った通り、自然な感じ）

こうすることで目元も青色を入れて涼やかな感じを出しながら、化粧っぽさがでない。

目の縁も眉同様に淡い茶色のものを使ってさっと線を引き、睫毛《まつげ》を埋める程度に止めて、目尻を強調するようなことはしなかった。

今回一番苦労して新たに作った頬紅は、藤の色を混ぜてあり、頬にのせるとほんのり青みがかった桃色に見えて、可愛《かわい》らしくありながら血色をよく見せる効果がある。

唇には艶がありながら淡い桃色の物を、筆ではなく小指でトントンとうっすら塗って広げていく。

たっぷりとふっくらと、ではなく、ここでも自然で、透明感を出すことを心がける。いつもの化粧と正反対なので苦労した。

(最後に奥の手の……)

涙袋に特製の薄桜の粉を筆でそっと置く。

これには銀の粉が入っていて、目元が潤んで見え、泣いた時のように輝く。思わず抱きしめたくなるという、反則的な代物だ。

これが完成した時、化粧品の作り手としての自分の腕が、怖くなったものだ。

「蝶花、終わりましたよ。自分で確認してください」

「ぷ、はぁぁ……あ、あぶない。お姉様の集中力に引っ張られて、いつの間にか息が止まってました」

「そこは普通に息をして、お化粧で殺させないで」

呆《あき》れながら、蝶花の身体《からだ》を銅鏡の方に向ける。

「えっ……これ、わたし？　すごい。可愛いのに、でもどこか悲しげ？」

じっと待っていた風蓮と梓蘭も、蝶花の顔をのぞき込む。

「嘘《うそ》、あの蝶花さまが儚《はかな》げ、神秘的に見えるなんて」

「琳麗様の腕は素晴らしいですね。別人のような印象にしてしまうなんて」

二人とも心底驚き、感心しているようだった。他の妃嬪達も同様だ。

彼女達は毎日化粧を欠かさないわけで、そんな人達に自分の腕が褒められるのはかなり嬉《うれ》しい。

「他の人もしていくからね。次は風蓮、いいかしら？」

「はい、おねえさま。よろしくお願いします」

今度は蝶花とは違う方の化粧箱を引き寄せると、道具を取り出し、風蓮への化粧を始める。

全員に同じ化粧はしない。

各人に合った化粧があり、似た人であっても肌の色、目や鼻の大きさによって、微妙に整える必要がある。

一刻たりとも油断はできない。

「目を閉じて、しばらく動かないで。あっ、息はしていいからね」

琳麗はそれから一心不乱に今日の主役である妃嬪達に化粧を施していった。

最後の一人の唇に、小指で紅を落としていく。

「ふぅ、全員、終わった」

いつの間にか額に滲《にじ》んでいた汗を手拭で拭き取る。動かしていたのは腕だけだったのに、息が上がってしまっていた。

「ご苦労様です、琳麗様」

ずっと見守ってくれていた梓蘭が、終わるとすぐにねぎらいの言葉を掛けてくれた。癒やされ美人に言われると、心なしか身体が軽くなるから不思議だ。

蝶花と風蓮も「すごすぎます、お姉様」と感動している。

「さあ、みんな、そろそろ陛下が来られる頃だからすぐに出られるように覚悟してね」

パンパンと手を叩《たた》いて、手伝ってくれる妃嬪達を落ち着かせる。

「あれ？　お姉様は化粧しないのですか？」

琳麗がぼんやり顔のままなことに蝶花が気づく。

そういえば、房間からそのままだった。

「もう時がないし、私は出ないから今日はこのままでいいかな」

だったらいっそ侍女の格好をして、紛れればよかった。

今からでも瑛雪に頼もうかと思っていると、不満そうな声が上がる。

「そんな、おねえさまの儚げな姿、密《ひそ》かに楽しみにしてたのに」

「えっ？　私の？　いいって、似合わないだろうし」

自分は、蝶花よりもさらに儚げから遠いという自負がある。

「せっかくだから一緒の化粧をしましょうよ、お姉様！　その方が楽しいですから」

他の妃嬪達も蝶花の言葉に頷《うなず》いて同意する。

一体感みたいなものが欲しいのかもしれない。

「でも、本当に、もう時がないから」

「だったら、私と風蓮でお姉様に儚げ化粧をするっていうのはどうです？　二人ですれば、かなり早くできるはずですし」

蝶花は琳麗の悪女顔の化粧を何度も真似《まね》ているので、そのやり方をよく知っている。

風蓮の方は元から手先が器用なので、化粧の腕はかなりのものだ。

「だったら……お願いしようかな」

これ以上、断り続けるのも悪い気がするし、固辞して宴《うたげ》が始まる前に皆の雰囲気を悪くはしたくない。何より二人にこう言ってもらえたことが嬉しかった。

本当に今回は裏方に徹して天幕の外に出るつもりはないので、化粧が失敗したところで、何ら問題はない。

「やった！　任せて下さい、お姉様を儚げ美人に仕立ててあげてみせますから！」

「おねえさまの腕には及びませんが、精一杯がんばらせていただきます」

蝶花と風蓮が嬉しそうに楽しそうにしているだけでまあいいかと思い、今度は化粧される側の椅子に座ると、目を瞑《つぶ》る。

「じゃあ……わたくしが右側を担当するから、風蓮が左側ね」

いきなり不穏な言葉が聞こえてくる。

「えっ、せめて上下とか部位ごとに分けた方がよくない？」

「それでは化粧しづらいし」

「確かにそうですね」

風蓮が蝶花に押し切られてしまった。

どうか左を向いた時と右を向いた時で別人、みたいな顔にならないといいな。

(不安でしかないけど、まあなるようにしかならないよね)

琳麗は諦めて、運を天に任せた。

※　※　※

玉樹《ぎょくじゅ》から連絡を受けた邵武は、すぐに政務の手を止めた。

「宴へ行くぞ」

宦官《かんがん》達を連れて足早に清瑠殿《せいりゅうでん》を出る。

琳麗からは事前に「日が暮れ始めたら必ず、すぐに梅林園に来て欲しい」と強めに言われていて、今日は玉樹に午後から空を見張らせていたのだ。

正直なところ、琳麗とはあれだけ言い争いをしたので顔が合わせづらかった。実際、あの後、一度も会っていない。

この宴も出席するべきか、少し迷ったのだが、あの琳麗が開く宴への興味が優《まさ》った。

ただの花見で終わるはずがない。

予想通り、梅の花の終わり際、しかも夕方から宴を始めるという。

日が近づくにつれ、どんな面白いものが見られるのか、邵武は楽しみで仕方なくなっていた。

「あそこか」

清瑠殿はどの宮よりも梅林園に近く、辺りが暗くなる前にたどり着いた。

空が一斉に紅に染まり始め、周囲の物をも飲み込んでいく。

「陛下、あちらに席が」

宦官の一人が難しい顔をしながら、設けられた邵武の席を示す。

この国では、方角とはとても大事なものだ。

運気を高めるため、不幸な出来事を避けるため、出入りの場所から始まり、物の位置まで、方角によって左右されることが多い。

皇帝の席は必ず南向きにと決まっているのだが、用意された席はややずらしてあった。

「取り仕切っている者を呼べ、すぐに席を……」

「かまわない。そのままでいい」

宦官が急いで直させようとするのを制すると、邵武は席についた。

政務をする時に座る椅子に似ているが、低めで、角度がついていて、すっぽりと収まり、落ち着く。

方角にはきっと何か琳麗なりの思惑があってのことだろう。

妃嬪《ひひん》達の席も真っすぐに並べるのではなく、末広がりになっている。

「しかし、見事だな」

布を敷いていない地面には無数の梅の花びらが落ちて、白と朱色で染まっていた。汚れた花びらや邪魔なものは丹念に取り除いたのだろう、地面さえ美しく感じる。

時季の終わりを選んだのは、これを狙ったのだろう。

上を見ても、下を見ても花見で、風流だ。

「それにしても……」

いつもなら、宴の始まりを待てずに妃嬪達が寄ってきたり、妃嬪同士が話に花を咲かせていたりで騒がしくなるが、どういうわけか、今日は不気味なほどに静かだ。

皆、邵武から視線を逸《そ》らし、じっと宴が始まるのを待っている。

(そういえば、今日は香の匂いもしないな)

何ともいえない梅の花の微《かす》かに甘く、爽やかな香りに紛れて、いつもより感じないだけだろうか。

これならば、宴も苦痛ではなさそうだ。

（琳麗は……）

四夫人の姿を捜したけれど、どこにもいない。おそらく貴妃《きひ》の慧彩《すいさい》は欠席だろうが、良好な関係を築いている琳麗と淑妃《しゅくひ》、徳妃《とくひ》の三人はどこかにいるはずだ。

代わりというわけではないだろうが、今日は妃嬪の先頭の席に皇太后であり、邵武の母でもある蓉羅《ようら》が座っている。

彼女も琳麗がどんな宴を開くのか興味津々といった様子だ。

「始めよ」

宴の場を観察し終えると、邵武は宦官に命じた。

すぐに笛の音が聞こえる。必要ないのだろう、いつものように始まりを知らせる銅鑼《どら》は鳴らない。

「陛下並びに皇太后様、妃嬪の皆様、お集まり頂きありがとうございます」

すると、宴の場に堂々たる妃嬪の声が響き渡った。

邵武はすぐに琳麗のものだと気づき、声の主を捜したけれど、見つからない。どうやら天幕の裏にいるようだ。

「本日は少し趣向を変えた花見となっております。まずは舞をご覧頂いた上で、酒宴としたく思います。酒豪はお待ちを」

皆がくすりと上品に笑い、そして、それが合図だったかのように、天幕から十人ほどの妃嬪達が出てきた。

全員が地面に付こうかというほど裾の長い襦裙《じゅくん》を着ている。濃い紫一色の衣には、刺《し》繡《しゅう》や飾りがなく煌《きら》びやかさはない。

着飾り、激しく舞う衣とは別物だ。

ゆっくりと出てきた妃嬪達が舞を始める。中央にいるのは、見当たらないと思っていた、四夫人の一人となった蝶花、そして、前回琳麗と間違った風蓮だった。

「おぉ……」

舞が始まると思わず宦官達から声がもれるほど、それは見事だった。

蝶花達はゆっくりと袖を風に靡《なび》かせながら、ひらひらと踊る。それはまるで周囲に舞っている散りゆく梅の花びらのようであり、美しい。

そしてあの一見地味な衣装は、実際の花びらの邪魔をしないためのものだった。

淡い梅の花びらが風で舞い、踊り手の衣にのることまで計算ずくである。

「こんな化粧もあるのか……」

特に夕日に照らされたその表情は、何とも胸を打った。

今にも泣こうとしているように切なげで、儚《はかな》げな表情をしていた。

憶《おぼ》えている蝶花と風蓮の顔ではない。

（琳麗にしてやられたな）

完敗だった。琳麗はこの宴で、無茶を言ったつもりだった邵武が口にした好みを見事に叶《かな》えて見せたのだ。

この場に皇帝でも宦官でもない男がいたならば、舞っている彼女達に惚《ほ》れこんでしまったことだろう。

見事なのは化粧や舞だけではない。

散り際の梅の花、夕日、白い天幕による照り返し、それらをよく見せるための南西向きの席、すべてが計られている。

「陛下、一献いかがでしょうか？」

琳麗の策にやられ、呆然《ぼうぜん》としていると、隣から控え目に声を掛けられる。

舞っている者達と同じような衣と化粧をした梓蘭だった。

「もらおう」

杯を手にすると、梓蘭から酒を注がれる。

事前に宦官に毒味されただろうその白酒には梅の花びらが入っていて、杯の中でも舞が見られた。

ひとまず一口飲んでみると、梅の微かな香りが広がる。

邵武が酒に口をつけたのを合図にして、他の妃嬪達へも宦官が酒と膳を運び始めた。

「梓蘭、お前は舞わないのか？」

なぜ梓蘭だけが酌をしているのか気になり、尋ねると彼女が苦笑いする。

「わたしは今回の舞には合いませんので、琳麗様より陛下の饗宴《きょうえん》役を承りました」

考えるとすぐにその意味がわかった。

女性らしい身体《からだ》をしている梓蘭が舞えば、違った趣になってしまう。

それに激しい舞と比べても、ゆっくりとした動きの舞は実のところ、とても体力がいる。

身体の大きな梓蘭よりも、若く身軽な蝶花達が選ばれたのだろう。

「無粋なことを聞いた、忘れてくれ」

「そのお心だけ充分でございます」

本人は微笑《ほほえ》んだのだろうけれど、化粧のせいもあり、一瞬泣かせてしまったのかと焦りそうになる。

琳麗は何という化粧をしてくれたのだろう。

「ここもか」

運ばれてきた料理にも、当然のように趣向が凝らしてある。

すべてに梅を使っていたのだ。

梅の木を模した飾り切りをした野菜と叉焼《チャーシュー》の前菜、梅餡《あん》を使った白身魚の揚げあんかけ、よく乾燥した梅を砕いてかけた粥《かゆ》、梅肉で味付けしたゆで豚、漬け物の梅和《あ》え、鶏の梅蒸しなど、それぞれは少量だが、膳に入りきらないほどの数が並ぶ。

それはまるで「梅も女性同様、味付け次第で様々な表情を見せるのですよ」と邵武に皮肉を言っているかのようだった。

皇帝に向かってここまでする者は、琳麗ぐらいだろう。

まったく、何て悪女だ。

「陛下、どちらへ？」

邵武が立ち上がったのを見て、梓蘭が尋ねてくる。

近くで酒と料理に舌鼓を打っていた宦官達も、慌てて立ち上がろうとしていた。

「このような見事な宴《うたげ》を開かれては、皇帝として褒美をやらねばならん。皆の者は気にせず、引き続き花見を楽しめ」

護衛に玉樹だけを連れて、宴の席を離れようとしてふと足を止める。

（琳麗はどこにいるのだ？）

宴の席にその姿はない。もしや、すでに房間に戻っているかもしれない。

どこを捜すべきか。それとも今日は諦めるか。

「先ほどあちらの、天幕から離れたところで休んでいるのを見ました。陛下が労《ねぎら》って下さるとわたしも嬉《うれ》しく思います」

迷っていると、梓蘭が走り寄ってきて、邵武に伝えた。

梓蘭は世継ぎのために皇太后が遣わした先鋒《せんぽう》だろうと思っていたので、進んで居場所を教えたのは驚きだった。

いつの間にか、琳麗は彼女も籠絡してしまったらしい。

「ご苦労だった。お前も宴を楽しんでくれ」

梓蘭も労ってから、彼女の指し示した方へと邵武は足早に向かった。

※　※　※

琳麗は静かに盛り上がる宴を遠くから眺めていた。

周囲が暗くなったので、手筈《てはず》通り灯りがぽつぽつと焚《た》かれていく。

これから不幸な何かが起こらない限り、今日の花宴《はなのえん》はどう見ても成功だろう。

「さすがに疲れた……」

今まで十数人の女性に、連続で、しかも短時間で化粧をしたことなどない。

自分の役目を終えた時、琳麗は宴を楽しむ元気が残っていなかった。だから、皆に気を遣わせないようにと瑛雪だけを連れ、そっと宴を離れたのだ。

後宮に来てからは、望むと望まざるに拘《かか》わらず、出来事の中心にいたけれど、たまにはこうして外からのんびりと眺めるのも悪くはない。

侍女の瑛雪もそんな琳麗の気持ちを察してか、何も言ってこない。

「こんなところにいたのか、捜したぞ」

足音にも気づかないほど疲れていたらしい。

いつの間にか近くに邵武が立っていた。

「今日の主役はあちらにおりますので、どうぞお帰りくださいませ、陛下」

冷たくあしらうも、邵武は近づいてくる。

「皆にこの宴の褒美をやると言ってしまった手前、何もせずに戻るわけにはいかない」

「褒美なら蝶花達にあげてください。あの舞は簡単ではありませんから」

わざと顔を背け、宴の方を見ながら答える。

しかし、皆から離れていたのに自分を見つけてくれたのが、嬉しくもあった。

「この間は、お互い様だが、確かに言い過ぎた。いい加減、こっちを見ろ」

「別に避けているわけでは……」

これではまるで痴話喧嘩《ちわげんか》だと思いながらも、素直に従えない。

「……!?」

すると、しびれを切らした邵武が琳麗の顎を手で掴《つか》み、強引に自分の方へと向かせる。

「何をなさるんですか？」

非難の視線を向けたけれど、邵武はなぜかハッとして固まっていた。

「んっ？　どうされたんです？　あっ！」

そこで自分の顔に気づく。

今はいつものぼんやりでも、悪女のばっちり顔でもない。蝶花と風蓮によって皆と同じ儚げな化粧を施されていた。

「これは、お前……なのか？」

じっとこちらを見たまま、邵武の右手が琳麗の腕を摑んだ。

(だから、私はこの化粧をしないようにしてたんだった……)

当初の企てだと、琳麗はいつも通りの化粧を自分にするつもりだった。

すっかり忘れていたのだけれど、それはこの邵武の好みに合わせた化粧をしてしまったら、彼にぼんやり以上に好まれてしまうという一抹の不安を覚えたからだ。

「やはり……俺は……」

琳麗の腕を摑んだ彼の手に力が入っていく。

「えいっ！」

まずいと思い、琳麗は「失礼！」と断ってから邵武の首筋に軽く手刀を当てた。そのままの流れで腕を摑んでいた彼の右手も払う。

少し離れたところで見守っている玉樹がぴくっと動いたけれど、静観してくれた。瑛雪はさぞ肝を冷やしていることだろう。

「何をする？　無礼者！」

「正気ではないようでしたので、気付けをしたまでです、他意はありません。まるで嫌がる女性を手込めにする色魔のようでした」

「そ、そうか」

琳麗の勢いに押されてか、邵武は怒ったり咎《とが》めたりはしない。

その隙にさっと距離を取った。

「では陛下、私は些《いささ》か疲れましたので、これにて失礼いたします」

「ああ……いやっ……待てっ……」

聞こえないふりをして、琳麗は邵武の元から何とか逃げだした。

はずだったのだけれど——。

その夜、琳麗はいつもの悪女の化粧顔で、清瑠殿の寝台の上にいた。

「なぜ他の者ではなく、私が呼ばれるのです！」

声を大にして文句を言いたい。いや、言っていた。

「宴の時に言ったはずだ、褒美をやると」

「これのどこが褒美なのですか？」

隣に座る邵武の言葉に口を尖《とが》らせたけれど、それにまた何と返ってくるかは容易に想像がついた。

「妃嬪《ひひん》の褒美として寝所に呼ぶのがおかしいことか？」

ぐうの音もでないので、悪女らしく睨《にら》んでおく。

「お前に閨《ねや》の相手を世話されるなどまっぴら御免だ。好き勝手するなら、こうやって一年経過させないように、たびたび寝所に呼ぶぞ」

「どうぞお好きに」

わざとらしく伸びてきた邵武の手を、パシッと叩《たた》く。

脅しているつもりらしいが、琳麗には皇太后との約束があるので問題ないし、いつもの悪女の化粧にし直して来ているのでまったく動じなかった。

「皇太后に何を言われたかしらんが、俺を出し抜こうなどと思うな」

「何のことでしょう？　存じません」

腕を掴もうとする邵武の手を、今度は身体を捻《ひね》って避ける。

そうした不毛な攻防は夜明けまで続いた。

四章　悪意ある噂の陰に占いあり

次なる化粧の策はどうしよう？

昼餉《ひるげ》を終えた琳麗《りんれい》は、朱花宮《しゅかきゅう》の支度房間《べや》で、三段重ねの化粧箱を広げて考えていた。

邵武《しょうぶ》は少々怒っていたようだけど、今における琳麗の仕事の元締めは皇太后である。

(儚《はかな》げは、なかなかいい線だったと思うのだけど)

あれには確かな手ごたえを感じていた。

それに、後宮の妃嬪達に化粧を施すのは楽しかった。

蝶花《ちょうか》と風蓮《ふうれん》は嬉しそうであるし、梓蘭《しらん》も優しく微笑《ほほえ》んで付き合ってくれている。

孤軍奮闘していた今までとは異なり、琳麗もやりがいのある日々を過ごしていた。

あれから七日経《た》つ。

そろそろ次の策を考えて、誰かを邵武の目に留まらせなくてはならない。

邵武が食わず嫌いなだけで、あの三人であれば、語らってみたら気が合う部分もあると思う。

皇帝と寵姫《ちょうき》のあるべき形なのだから、文句を言われる筋合いはまったくない。

「琳麗様」

扉の向こうから瑛雪《えいせつ》の声がして、琳麗はハッとした。

「いけない、もうそんな時間？」

茶会用の客間へ向かおうと、慌てて鏡台の前から立ち上がる。

考え事をしながらの化粧直しに、思ったより時間をかけてしまった。午後からは蝶花、風蓮、梓蘭と茶会をすることになっているのだ。

前のめりで元気な蝶花は、約束の時間より早く来ることが多い。

そして流行《はや》り物の論議に花を咲かせることになるだろう。

「いいえ、それが……皆様、今日はいらっしゃらないそうです。梓蘭様からは詫《わ》びの菓子も届いております」

気まずい様子で告げる瑛雪も、戸惑っているようだ。

「全員から？　なぜ？　文を見せて」

偶然とは思えなかった。

三通の文を開いて目を走らせると、蝶花は理由がなく、風蓮は気分がすぐれず、梓蘭は体調不良であった。

当たり障りのない断り文句からは、後宮に流行り病などが広まった様子はない。

それどころか、礼儀正しい文言の中にも、余所余所《よそよそ》しい冷たさを感じた。

特に蝶花である。

「〝琳麗様におかれましては、陛下とのことお忙しいかと思います〟って、何よ！　いつもなら、お姉様って書くはずなのに……」

これは恐らく――悪評である。

しかも、三人が誤解をするほど説得力のある何かだ。

(夜伽《よとぎ》に呼ばれたことを、誰かが尾ヒレをつけて悪い噂を流したのかも)

邵武には褒美と称した罰として呼ばれ、脅されただけなのに。

後宮の寵姫争いを、こんな時期に持ち出されるとは思わなかった。

「梓蘭様には丁重に文とお見舞いを贈ることにします。蝶花と風蓮は……」

腹を割って話せる仲である。誤解されていることを正すなら直接がいい。

「まずは蝶花を訪ねるわ。何か勘違いしていると思うから」

ついでに、悪評の内容や根源を探ろう。

せっかく、いい雰囲気になった後宮に誰が火種を落としたのだろうか。

そう息巻いて、琳麗は侍女の瑛雪を連れて朱花宮を後にした。

琳麗が淑妃《しゅくひ》となった蝶花が住まう翠葉宮《りょくようきゅう》を訪ねると、明らかに歓迎されていない様子であった。

先ぶれを出したはずなのに、対応した侍女に茶も出されずに客間で琳麗と瑛雪は放置されたのだ。

一時間ほど、二人は待ちぼうけを食らった。

堪え切れずに、客間の外で様子を窺《うかが》っていた蝶花付きの侍女に詰め寄ると、やっと蝶花のもとへと案内される。

ところが最初に視界に入ったのは、蝶花の姿ではなく枕であった。

扉を開けるなり飛んできた、小ぶりで滑らかな絹の四角いそれは、琳麗の顔面へと直撃の弧を描く。

琳麗は反射的に手で顔を庇《かば》い、枕をパシッと受け止めた。

「こんなものを投げるなんて子供なの？　蝶花、何を吹き込まれたかは知らないけど、全部誤解よ」

寝台にいる蝶花の襦裙《じゅくん》と髪は乱れていて、物にあたっていたところなのだと推測する。

「もう、琳麗様の言うことなど信じられないわ！　私達を利用して、離れていく陛下の気を引き、夜伽をしただなんて」

目元が赤い蝶花が琳麗に向かって叫んだ。

離れていく陛下の気を引きたいどころか、いっそ早く遠ざかってほしいのだけど、それは皇帝の沽券《こけん》にもかかわるし、口にして訂正したところで火に油を注ぎそうなので聞かなかったことにする。

「あのね、状況的にそう吹きこまれたら信じたくなるかもしれないけど、私が可愛《かわい》がっている貴女《あなた》を利用するわけないでしょう？」

琳麗は寝台に近づき、蝶花の横へ座り込んだ。

「前から言っているけど、私は寵姫争いに興味はないの。それどころか、早く誰かが陛下の目に留まって欲しい。それが愛らしくて可愛らしい自慢の蝶花なら、とても嬉《うれ》しいわ」

そう言いながら、荒い呼吸をする蝶花の背中をそっと手のひらで撫《な》でる。

「っ……くっ、嘘《うそ》ばっかり……」

しゃくりあげながらも、蝶花から平手は飛んでこない。

前の淑妃である性悪な桃恋《とうれん》と敵対した時から、蝶花は琳麗の味方であった。

一時の迷いはあれど、築いてきた信頼は簡単には崩れないはずだ。

「私に対して誰がそんな根も葉もない噂を？　蝶花はどこでそれを聞いたのかしら」

「っ……わたくしは馬鹿じゃないから、後宮の噂なんか気にしませんわ、自分の頭で考えて行動します」

「ええ、わかっているわ蝶花」

琳麗は、あやすようにトントンと蝶花の背中を優しく叩く。

四夫人である淑妃の候補に入れたのであるから、蝶花の人となりはわかっている。曲がったことが嫌いで、正直で、何でも自分の目で見たり感じたりして確かめようとする、揺るぎない芯の強さを持っていることも。

琳麗は辛抱強く蝶花に寄り添い、次の言葉を聞き出すことにした。しかし――。

「だから、噂なんかじゃない。予言が当たったの。これから起こることも決まっている。だから、琳麗様は裏切り者で合っているの」

「……はい？」

いきなり予言と来た。

聞き慣れない言葉に、琳麗は目をぱちくりとさせて蝶花を見る。

どうやら冗談を言っている顔ではない。

「えーと、それは何かの力に目覚めたということかしら？　それとも野生の勘？　もしかして、天啓的な何かかしら？」

想定外の蝶花の発言に、琳麗は首を傾《かし》げて考えた。

誰かに悪い噂を吹きこまれたのなら、その者を懲らしめて、嘘であったと証言させればいいと考えていただけに、予想の斜め上を行く予言とやらの対応に困る。

「……お姉様にも、話せません……災いが降りかかるから」

蝶花が弱々しく首を横に振った。

いつの間にか呼び方が、琳麗様ではなく、お姉様に戻っている。

ということは、琳麗が訪ねてきて話したことで、少しは心を開いてくれたのではないだろうか。

(……これ以上は、質問攻めにしても可哀想《かわいそう》ね)

琳麗は軽くキュッと蝶花の肩を抱きしめた。

「話をしてくれてありがとう、蝶花。あとは自分で調べてみるわ」

(こんなに蝶花を苦しめて私と仲違《なかたが》いさせるなんて、予言って何よ!)

今の蝶花はそれに怯《おび》えている状態である。

諸悪の根源については災いが来るから話せないとまで口を噤《つぐ》む。

ならば、それが解決するまで心穏やかにはなれないだろう。

「少し眠りなさい。美容に睡眠不足は天敵よ」

調子が悪そうなのは泣いていたせいだけではなく、寝ていないようにも見える。

（心配事を、元から断たなければ）

琳麗は、蝶花を寝台へと横たえて翠葉宮を後にした。


続いて琳麗は朱花宮へと戻り、もう一人の可愛い妹分である風蓮を訪ねることにした。

こちらは同じ宮でもあり、琳麗の管轄内であるため、多少気は楽だ。

房間を訪ねると、風蓮はなぜか床に坐《ざ》し、壁に向かって一心に祈っていた。

握りしめているのは香袋だろうか。

さらさらした栗色《くりいろ》の髪もパサついている。いつもは元気に見える、左右の上だけぴょこんとつまんだ髪束も、萎《しお》れているように感じた。

「これはどうしたことなの？」

琳麗が風蓮付きの侍女に目を向けると、困り果てた様子で縋《すが》るような目を向けてくる。

「風蓮様は朝餉《あさげ》を召し上がってから、ずっとこうなのです」

「まさか毒でも……！　いえ、こんなに元気そうな都合のいい毒はないわね」

蝶花は予言で、風蓮は朝餉である。

共通点を考えようとしても、さっぱり意味がわからない！

「えーと、こほん。風蓮？」

どう話しかけるべきか迷い、琳麗は風蓮の隣にしゃがみ込むことにした。

「うわぁあ！　おねえさま」

仰《の》け反《ぞ》って驚いた風蓮は、どうやら琳麗が入ってきたことにも気づかなかったらしい。

この様子であるなら、蝶花ほど嫌われたわけではなさそうだ。

「何を握りしめているの？」

「お婆《ばば》さまの形見の匂い袋です」

ぎゅっと握られたそれは、白檀《びゃくだん》の微《かす》かな香りを放っている。

何か心細いことでもあったのだろうか。

琳麗は質問を変えることにした。

「どうして壁に向かっているのかしら？」

「房間に籠り北に向かって自分の愚かさを反省しなければ、わたしは不幸になるのです」

今度は不幸と来た。蝶花は確か災いだった気がする。

「誰かに何かを言われたのね……」

仔細《しさい》を尋ねようとして、琳麗は口を噤んで考えた。

蝶花と同じであるなら、恐らく風蓮も口止めをされているだろう。

琳麗は離れたところからハラハラと様子を見ている風蓮の侍女に声をかける。

「朝餉の前に……昨日でもその前でも、風蓮はどこかへ行った？　いつもと違うことはなかったかしら？」

「七日前に皆様でお化粧をした日はとても嬉しそうで、翌日に蒼月宮《そうげつきゅう》へ行かれたあとから、徐々に風蓮様の様子がおかしくなりました」

（蒼月宮！　貴妃《きひ》の慧彩《すいさい》様ね）

そうだとばかりに、琳麗は目を見開いた。

卜占《ぼくせん》の妃嬪《ひひん》であるから、予言とも結びつく。朝餉はよくわからないが、不安を煽《あお》られたに違いない。

琳麗は任命の儀から、慧彩には会っていない。

花見の際も意図して仲間外れにしたわけでなく、誘いの文は何度も出したのに無視を貫かれたのだ。

宮から出たくないか、興味がなくて引きこもっていると思っていたのだけど……。

（ただの、寡黙な害のない妃嬪かと思ったら、随分なことをしてくれるわ）

確証はまだないが、悪意ありと見てかかったほうがよさそうである。

（私の大事な妹分を二人も不安にさせて、どういうつもりよ）

梓蘭についても同じであるか、丁寧な文と菓子を贈る余裕があるなら、後宮歴の長い彼女は様子見することにしたのかもしれない。

何にせよ、この問題を解決するまでは後宮の平穏は戻らないだろう。

(私は早く誰かを陛下の目に留まらせて、後宮を出たいのに)

それは、琳麗以外の妃嬪にとって国母となることは誉れであり、皇太后の願いでもあり、国のためになるので、三方よしである。

いや、琳麗のためにもなるのだから四方よしだ。

それを邪魔するなんて――!

「陰からコソコソと、この後宮一番の悪女に喧嘩《けんか》を売るなんて、随分と舐《な》めた真似《まね》をしてくれたわね」

琳麗は細い三日月のように唇の端を吊《つ》り上げて微笑した。

付き合いのない妃嬪と会うには手間がかかる。

そもそも、文を送っても無視されているのに、押しかけて会ってもらえるはずがない。

怒りに任せて乗り込んでも、それを読まれていたのなら、罠《わな》にはまるのは琳麗のほうである。

よって、琳麗は蒼月宮を訪ねたいという文を出して様子を見つつ、慧彩について調べることにした。

後宮での琳麗の評判は悪くなっていたので、妃嬪からの聞き取りにすら苦労する。

侍女の瑛雪が他の宮女から集めた情報と、宦官《かんがん》に金を握らせて吐かせた内容を精査し、琳麗は慧彩のこれまでを何とか摑《つか》んだ。

曰《いわ》く――慧彩の母は前皇帝の後宮では貴妃であり、今の皇太后である蓉羅《ようら》と寵姫《ちょうき》争いをした妃嬪であった。

しかし、蓉羅が邵武を授かると、慧彩の母は寵姫争いからは脱落していく。

その数年後、邵武が若くして皇帝となったので、前の皇帝の後宮は解散となる。慧彩の母はその後に一族内で婿を取り、慧彩を産んだ後で亡くなった。

環家《かんけ》は代々、卜占を生業としてきた家で、慧彩の母は蓉羅がいずれ皇帝となる邵武を産むと早々に予言したらしい。

娘の慧彩にも卜占を期待され、早々に貴妃の位を与えられて今に至る。

――つまり、曄燎国《ようりょうこく》として手元に置いておきたいのが環家だ。

これを調べ上げるのに要したのが三日である。

何がそうさせたのか、慧彩から会う約束を取りつけられたのも三日後であった。

符合したような時期に少し気味の悪さを覚えるも、琳麗は房間の鏡台の前でいつもよりも念入りに化粧を施していく。

今日が蒼月宮を訪ねる日であった。

琳麗は昼餉《ひるげ》を早めに終え、まずは、肌を念入りに揉《も》み化粧水に浸して張りのある顔を手で撫《な》で、気合を入れた。

そうすると、勇気が湧く。

次に肌色の粘度がある鉱物をまぜた化粧液で、雀斑《そばかす》を消した。

(慧彩様の目的は何だろう？)

長い頭覆《ベール》いの下にある顔をよく見たら、今よりもわかる気がした。

気を揉んでいても仕方がない、立ち向かわなければ……。

次いで琳麗は絹雲母の白粉《おしろい》を刷毛《はけ》で塗り、陶器のような肌となる。

(実は、お化粧に興味があったりしないかしら)

期待を微かによぎらせて、琳麗は陶器のような肌に二色の琥珀《こはく》粉で陰影をつけて、瞼《まぶた》への影と線はくっきりと描く。

(まあ、蝶花と風蓮の落とし前はつけさせていただきますけど)

眉をきりりと描く頃には、琳麗は意気揚々としてきた。

化粧は琳麗にとっての武装で、士気を高める儀式である。

自信がつき、普段は口にしないような強気な発言も軽々とできて、別人となれるのだ。

（この私の妹分に手を出すなんて、随分と生意気な貴妃だこと、どれ、その顔を見てきましょうか）

薔薇色《ばらいろ》の頬は柘榴《ざくろ》石の粉入りの頬紅で高い位置へと円ではなく線で入れる。

普段より多めに、勢いをつけてなぞると琳麗の顔が生き生きとした。

性格まで変わり、悪女めいてくる。

そのことに慣れている瑛雪がスッと紅筆を手渡してきたので、琳麗はそちらも見ずに受け取った。

「さて、慧彩とやらには、どんな風に仕置きして差し上げましょうね」

「琳麗様のお望みのままに」

詠《うた》うような強気な発言の琳麗を瑛雪が盛り上げる。

勢いのままに、琳麗は紅筆にたっぷりと赤い紅を取り、慣れた手つきで下唇から走らせていく。

「蒼月宮の悪女には、誰が一番か教えて差し上げなくては」

鏡の前にはいつもよりも自信たっぷりの悪女が完成した。

慧彩が住まう蒼月宮へ着くと、愛想の悪い侍女により琳麗は客間に案内された。

しかし、後に続こうとする瑛雪は直前の房間で止められてしまう。

「普段から慧彩様はお一方としか会われません。琳麗様だけお入りください」

有無を言わせない口調に軽く目を見開くも、慧彩の侍女すら房間の中にはいないようなので、琳麗は瑛雪を手で制した。

「ふふっ、慧彩様は随分と照れ屋でいらっしゃるのね」

嫌みまじりに琳麗は微笑《ほほえ》み、客間へと足を踏み入れる。

調度品は年季の入ったものが多く、どちらかと言えば地味な房間であった。

変わったことと言えば、仕切りとして水平に吊り下げられている布が、斜めに掛かっていることだ。

通常の房間はやや透けた布が一枚であるのに、濃い天鵞絨《ビロード》の光沢のある布が幾重にもなっている。

強い麝香《じゃこう》が鼻をかすめた。換気を行っていないのか、息苦しさがあった。

慧彩は客間の中央にある赤茶色の円卓の横にある丸い椅子に坐して、琳麗が入ってくるのを待っている。

室内であるのに、やはり長い頭覆い《ベール》をかぶっていた。

頭覆いの縁取りの小粒の真珠が揺れ、慧彩が少し顔を上げる。

「ようこそ……琳麗様。どうぞ、お座りになってください」

声に含んだ悪意はない。どちらかと言えば、来客に緊張している少女のような、か細い響きであった。

「歓迎に感謝しますわ、慧彩様」

琳麗は襦裙《じゅくん》を揺らし、たっぷりと衣擦《きぬず》れの音を立てながら椅子へと座る。

先手必勝な、所作から威圧感を与える策であった。ここはすなわち相手の陣地である。引き込まれてはならない。

茶も菓子も出てこずに、本当に侍女は一人として客間にいなかった。慧彩が茶を淹《い》れるのであれば注意したいところだったけれど、そんな様子はない。

歓迎されていないというよりも、もてなし下手である。

琳麗はじっと慧彩を観察した。

今日も地味な藍鼠色《あいねずいろ》の襦裙に青丹《あおに》の帯という控えめな装いだ。頭覆い《ベール》の下から覗《のぞ》く藍色の髪にも、灰色の瞳にも輝きはない。

（ただの小娘じゃないの、簡単に言い負かせそう）

琳麗はニッと微笑んで、形の良い唇を開いた。

「推測では、私の大切な友人、蝶花と風蓮に嘘《うそ》偽りの予言をして、大変な不安を抱かせたようですが事実ですか？」

こうして会ってみると、二人を言いくるめたとは思えないほどに慧彩は弱そうだ。

心のない謝罪の言葉や、そんなつもりはないという言い訳が飛び出してくると思っていたけれど、慧彩の反応はどちらでもなかった。

「いいえ……卜占で出たありのままを私はお伝えしただけです」

たどたどしくも、戸惑いまじりの様子で慧彩が答える。

まるで、なぜそんな当たり前のことを聞くのかわからないといった様子だ。

琳麗は苛立《いらだ》った。

「つまり、勝手に解釈をして怯《おび》えて調子を崩した、蝶花と風蓮のせいであると言いたいわけですね。私が二人を利用していると吹き込んだことについては？」

「あの……卜占で判明した決められている事をお伝えしただけで、私の考えや感情などの特別なことは一切、申しておりません」

「埒《らち》が明かないわ。そんな惚《とぼ》けた言い逃れができるとでも思っているの？　卜占って、ただの占いでしょう。決められている事？　そんなわけがないわ！」

「…………」

琳麗の言葉に、慧彩の指がピクリと動いた。

口にしたあとで琳麗は、その反応が化粧を貶《おとし》める発言をされた時の己のようだと感じる。

「……では、わからせて差し上げましょう」

その刹那に、慧彩が濃紺の天鵞絨布を取り出しフサッと広げて円卓へと掛けた。

流れるような美しい動きに、琳麗は一瞬惹《ひ》きつけられる。

すぐに調度品のような金盤が、その上へと置かれていく。

（金盤……いえ、金の皿？）

商家の琳麗ですら、知らない品であった。

台付きの蔦《つた》模様がある金皿には、丸い穴が幾つも開いていて一段下がった縁にはぐるりと溝があった。

「これが、慧彩様の卜占の道具なのですか？　てっきり、木の棒や亀の甲羅だと思っておりましたわ」

一瞬でも気圧《けお》されたことを悟られてはならない。

琳麗は背中に冷や汗が伝うのを無視して、早口で嘲笑を含ませた。

「ええ、環家に代々伝わる金占盤《きんせんばん》でございます。これは古往今来《こおうこんらい》すべてが見通せるのですわ」


慧彩が朗々と語り出し、初めて目が合う。

灰色の瞳が爛々《らんらん》と輝き、琳麗をねじ伏せるように見開かれる。

(なんだか、慧彩様の様子が……口調も……)

彼女の有無を言わせない喋《しゃべ》りと、注目せざるを得ない一挙一動に引き込まれる。

まるで、化粧をした時の琳麗みたいな変わり身である。

堂々とした振る舞いとなった慧彩には蠱惑《こわく》的な色香すら漂う。

占術の道具に触れると、慧彩はこうなるのだろうか。

(さっきまでは、猫をかぶっていたのね。だったら、容赦しないわ)

同類の匂いがする慧彩に挑むように、琳麗は目をすっと細めた。

「ただの穴が開いた皿にしか見えないけど、水でも流すのかしら？　怪しげな水晶玉でも使うのかと思いましたわ」

「よくご存じですね、水晶もあります。何色がお好きかしら？　清らかな白水晶、艶《あで》やかな紫水晶《むらさきすいしょう》、くすんだ煙水晶《けむりすいしょう》」

慧彩が金占盤の横へカタッと金杯《ゴブレット》を置いた。

その中には、硝子玉《ガラス》のように丸く研磨された貴石や半貴石が、三十個ほどひしめくように入っている。

(凄《すご》い……水晶や翡翠《ひすい》だけでなく、紅玉《ルビー》や青玉《サファイア》もある)

琳麗は、化粧品作りの材料として鉱物を使用している愛好家なので石には詳しい。

貴石は、光を入れてさらに美しくするために表面が切られていることが多いのに、どれも硝子玉の形で統一されていて、特別扱いの石はない。

しかし、研磨されただけの鈍い輝きでも、紅玉や青玉などの宝石玉に気づかない琳麗ではなかった。

(なんて鮮やかな色の紅玉なの……青玉の色も見たことがないぐらいに濃い。砕いて粉にして瞼影《アイシャドー》にしたら、これまでにない発色になるわ)

仕入れ先を教えてもらいたいと考えたところで、琳麗はハッと我に返った。

今は対峙《たいじ》中である。

「興味津々のご様子ですね。貴女《あなた》も迷える妃嬪《ひひん》なのでしょう？　道しるべを求めていらっしゃる」

「何かを決めるのは己自身よ。他人の示した道なんて知りたくも、進みたくもないわ」

琳麗は言葉でバッサリと切り捨てた。

「ふふっ、皆様そう仰《おっしゃ》りますが、不安でたまらない日々を過ごしていらっしゃる。これからどうなるのか、どうありたいのか、これまで歩んできた道は正しかったのか、周りからどう思われているのか、より良き道はどこにあるのか――」

抑揚をつけた慧彩の声音には引き込まれるものがあった。

うっかり耳を貸していると、慧彩が金杯を手にしてそっと傾ける。

カラカラカランと金占盤の上を宝石玉が転がる音がした。

紅玉、青玉、煙水晶、黒耀石《こくようせき》、孔雀石《くじゃくいし》、天河石《てんがせき》、虎目石《とらめいし》、色鮮やかな玉が零《こぼ》れるように金占盤へと広がっていく。

その上へと慧彩が長い指を広げて、円を描くように静かに混ぜ始める。

キン、カシッ、カタンと、宝石玉がゆっくりとぶつかる細やかな音が聞こえてきた。

「金占盤よ、皐《こう》琳麗の古往今来を示したまえ。古往《こおう》、今来《こんらい》、来今《らいこん》……狭古《きょうこ》、狭今《きょうこん》、狭《きょう》来《らい》」

呪文のような響きに合わせて、金占盤の穴へと宝石玉が嵌《はま》っていき、弾《はじ》かれた他の玉は皿の縁へと落ちていく。

穴は十二個だ。よく見ると金占盤には貴寿無極《きじゅむきょく》の浮き彫りがあり、その流れの幾つかに穴が開いていた。

貴寿無極とは、永久に続く蔓草《つるくさ》、牡丹《ぼたん》、霊芝《れいし》の模様である。それが、人の一生を表しているのだろうか。

「まあ、琳麗様は変わった運命の下に生まれていらっしゃる」

金占盤を読み解くように慧彩が語り出したので、琳麗は冷ややかに釘《くぎ》を刺した。

「私は慧彩様に占って欲しいなんて頼んでいません。そもそも、騙《かた》りは信じない性格ですので」

しかし、慧彩は琳麗を完全に無視して続ける。

「おや、琳麗様は、お辛《つら》い子供時代を過ごしてきたのですね。人と比べられるほど傷つくことはございません。俯《うつむ》くことが多くお可哀想《かわいそう》でした」

「……っ」

琳麗は耳を疑い、唇を小さく噛《か》み締めた。

(なぜ、それを知っているの？)

慧彩の手元を見ると、古往や狭古と言っていた宝石玉の並びに手をかけている。

過ぎた昔のことを見てきたような口ぶりだ。

雀斑《そばかす》でぼんやり顔の昔の琳麗は、美しい母と比べられるたびに傷ついていた。

母亡き後に形見の化粧品を手にし、化粧に目覚めて自信を持てた。そして化粧箱を制作する生きがいも得たのだ。

「けれど、よき出会いがありましたね。持ち前の前向きさと努力で順風満帆の日々となりました。商売繁盛の兆しあり、そのためには窮屈な犠牲も仕方ありません」

同情されて、褒められて、持ち上げられて、不安をよぎらせる。

琳麗は、手玉に取られているようで居心地が悪かった。

嘘だとわかっているのに、これからどうなるか聞いてしまいたくなる。

「どこで私のことを調べたのか知らないけど、そんなことを言っても無駄よ」

聞く耳を持ってはいけない。

後宮を無事に出ることができるのか気になっても、商売繁盛の兆しがどれぐらいの規模なのか気になっても、慧彩に乗せられてはならない。

注意深く考えれば、辛い子供時代とか傷つくとか言われても、母は出てこなかった。

よき出会いだって、化粧箱という言葉はないし、信頼できる職人のことにもとれる。

つまり、広くどんな風にもとれることで共感を得ようとしたに過ぎない。

それに調べられないほど昔のことではないのだ。琳麗が慧彩のことを調べてからここへ来たように、慧彩もまた琳麗を調べたかもしれない。

カチ、カチと、慧彩が次の宝石玉へと指先を滑らせていく。

ぴたりと指が留まったのは今来の場所だ。

「今は大変上手《うま》く立ち回っておられます。けれど張り切りすぎて調子に乗りすぎたという警告が出ており危険な状態です。人が離れていき商売も上手くいかなくなる、後宮を立ち去らなければ琳麗様の健康も――ああ、そういえば今日のお顔に死相が出ておりますね」

じとっと慧彩が琳麗の顔を見た。

爛々とした瞳に何もかもを見透かされている気分になってしまう。

琳麗は襦裙《じゅくん》の帯に潜ませていた紅入れを取り出し、鏡も見ずに指で目尻に緋色《ひいろ》の線を足した。

死相とやらを消して、武装も強固にする。

負けるものですか！

「これで運命とやらは変わりまして？」

より華やかな美貌となった琳麗は、唇を三日月のようにして微笑《ほほえ》んだ。

琳麗の手際に一瞬だけ面食らった顔をした慧彩が、ケタケタと笑う。

「おかしなお方、そんな小技で抗《あらが》っていらっしゃる。金占盤が出した古往今来は変えられないのですよ」

「そうやって、皆の不安を煽《あお》って楽しいの？　どうせ、今みたいな流れで蝶花や風蓮を怯えさせたのでしょう」

「他の方についてどう出たのか、仔細《しさい》は話せません。ただ、元凶である琳麗様から離れないと、大変なことになると教えて差し上げただけ。利用されるだけの一生では不憫《ふびん》でございます」

「やれ大変だの、危ないだの、曖昧な脅しには屈しないわ。貴女は誰にでも当てはまることを起こったことと絡めて、さもありなんと騙《かた》っているだけ」

琳麗はバンッと卓へと手を置いた。

金占盤の宝石玉を動かさない力加減になったのは、勝手に結果を動かす不吉なことを恐れたのではなく、石を傷つけたくなかったからだ。

琳麗は大きく息を吸い込んで一息に放った。

「私にだって予言できるわ。卜占のおかげで難なく貴妃にはなれたけれど、協調性を持たずにいると苦労するでしょう」

まだまだと、迫力を込めて続ける。

「皆さんと歩み寄る努力をしましょう！　さもなければ、不幸になります――なんてね。ほら、大当たりの傷ついたお顔ね。因果応報ですわ、ざまあご覧あそばせ」

ハッと息を呑《の》んだ慧彩を逃さないように、琳麗は顔を近づけた。

大事な友人の妃嬪を傷つけられたのだ。二度としでかさないようにお灸《きゅう》をすえる匙加減《さじかげん》は、これぐらいが悪女らしくて丁度いい。

しかし、慧彩が淡々と口を開く。

「曖昧ではない言葉は、時に残酷で人を傷つけます。ですが、琳麗様はわかりやすいものをお望みなのですね。わかります、そういう単純な方はいらっしゃいますから」

「はっ？」

摑《つか》みどころのない慧彩を琳麗は訝《いぶか》しむ眼差《まなざ》しで見た。

その視線を無視して、慧彩が宝石玉に手を触れさせていく。

「今来の横にある石は狭今、仔細な今、または近い今のこと。具体的にお伝えしますと、琳麗様の夕餉《ゆうげ》は燕《つばめ》と卵でございます」

「何それ、料理人にでもなったつもり？」

いきなり夕餉の話になった。

その慧彩の手元にあるのは月長石《げっちょうせき》だ。清らかであるとか澄んだ心であるとか表現されることはあっても、燕や卵とは結びつかない。

磨かれた石の表面に、慧彩にしか見えない何かが映り込んでいるのだろうか。

もしくは、並び順であるとか総合で読み取れる形であるか。

いや……全部でたらめに違いない！

「狭来《きょうらい》、明日の朝餉《あさげ》は琳麗様の大好物になるでしょう。よかったですね」

次いで、別のところにある縞瑪瑙《しまめのう》を撫《な》でながら慧彩が微笑む。

「ああ、肝心の来今《らいこん》でございましたね。三段重ねの化粧箱はこれから評判が下がり失敗します、ご実家が危ないです」

「ちょっ、ちょっと待って！」

聞き捨てならない、具体的すぎる予言である。

「二の狭来は柘榴石《ざくろ》、回避ができぬことは平たい石を十枚積めば、道が開けるかもしれません」

どうやら金占盤による古往今来の卜占は、十二の穴が四個ずつ三種の時間軸に分けられる様子だ。

過去のことは古往、今のことは今来、これからのことは来今で、それぞれが四つの穴を持ち、古往の横に細かい事柄として狭古が三つある。

「さて、四つの石が示すことは淡い恋にございます。おや、国母になる兆しもわずかながらに——」

「もう、結構よ！」

琳麗は勢いをつけて立ち上がった。

これ以上聞いていたら、具合を悪くしそうだ。

くだらないことに耳を貸さない、気にしないことも戦いにおいては大事である。

振り回されただけになるのは癪《しゃく》だが、取り込まれたらたまらない。

琳麗はぷりぷりと怒りながら、蒼月宮を後にした。


随分と時間を食ってしまったので、朱花宮へ戻る頃には夕餉の時間となっていた。

豪奢《ごうしゃ》な賢妃《けんひ》の房間で、琳麗は瑛雪が運んできた盆を見てギョッとなる。

「瑛雪、それは何かしら？」

主食に副菜と色鮮やかに盛られた中にある、大きな皿の一つへ目を落とす。

「今夜は芙蓉燕菜《つばめのすのたまごむし》にございます。美味《おい》しそうですね」

「ひっ……！」

芙蓉燕菜は不老長生を願う、縁起のいい料理である。

卵白の蒸し物を花にたとえて、その上に戻した燕の巣と人参《にんじん》を散らした美しい餡《あん》をかけたものだ。

まだ慧彩の言葉を覚えている。

『琳麗様の夕餉は燕と卵でございます』

「献立ぐらい、調べればわかるに違いないわ。慧彩様ったら意外と食いしん坊ね！」

琳麗は食器を手に強がった。

化粧を落としていなくてよかったと思う。すっぴんだったら、怯《おび》えたことだろう。

夕餉を終え、化粧を落として横になると、たちまち琳麗は悪夢にうなされた。

「空が白むまで眠れませんでした……」

翌朝、琳麗はのろのろと起き出して、簡素な衣に着替えた。

取り巻きが離れていった今は、予定はないし、どうせ見るのは侍女の瑛雪だけだ。

ささっと乱れた髪を直そうと、鏡台に顔を映す。

化粧をしていない、ぼんやり顔の琳麗の目鼻立ちはとても地味だ。

雀斑に手をやって指の腹でトントンと触れていく。

顔であることにかわりはないのに、表面の皮膚一枚で、己の心も人の心も変化するのだから不思議である。

そうしていると瑛雪が朝餉を持って、続きの間の卓へと膳ごと置いた。

「おはようございます、琳麗様。またそんな地味な襦裙を引っかけて……お支度はわたしがしますから、お待ちくださいとお願いしましたのに」

（ハッ！　朝餉は……⁉）

瑛雪の小言も聞こえない。

琳麗は足早に近づいて、ガバッと瑛雪が卓へ置いた膳を覗《のぞ》き込んだ。

鱶鰭粥《ふかひれがゆ》が目に飛び込んでくる。

特に琳麗が好きでも嫌いでもない料理であった。

『明日の朝餉は琳麗様の大好物になるでしょう。よかったですね』

（なりませんでしたよ！）

琳麗は喜びいっぱいで飛び上がりそうになった。

なんだ、ただの占いで脅されただけである。睡眠時間を返してほしい。

縮んでいた心の臓が解放されていくのがわかった。

琳麗が陶器の匙《さじ》を手に取って鱶鰭粥にその先を触れさせようとした刹那に、瑛雪が膳の端へと追加の皿をコトンと置く。

「食後の甘味は琳麗様の大好物の豌豆黄《えんどうようかん》にございます」

「ぎゃふん！」

琳麗は坐《ざ》したままで浮いた心地になるほどの衝撃を受けた。

『明日の朝餉は琳麗様の大好物になるでしょう。よかったですね』

思い起こされた慧彩の言葉がねっとりと琳麗を包むようである。

「ぅわぁああ……」

絶望の声が口から零《こぼ》れた。

化粧をしていない、ぼんやり顔の琳麗の性格はとても気弱だ。

「琳麗様、どうかなさいましたか？」

「朝餉に大好物が出たらいけなかったの……慧彩様の占いが当たってしまったわ」

「はぁ……」

瑛雪が不思議そうに首を傾《かし》げる。

その場にいなかったためピンとこないようだが、説明している暇はない。

（どうしよう！　あの予言は嘘《うそ》ではなく……当たる！）

風蓮も確か朝餉後に様子がおかしくなったと、以前にお付きの侍女から聞いたことが頭をよぎる。

今すぐ抱き合ってオロオロと怯えたい気持ちになる。

（このあとの予言も当たる……化粧箱が危ない！　どうやったら道が開けるんだっけ、こうしてはいられない）

「うわぁあーん！」

情けない声を上げて、琳麗は地味な衣のまま、朝餉もとらず朱花宮を飛び出した。

「琳麗様は……甘味はだいたい大好物ですが……？」

その背中に向けられた瑛雪の呟《つぶや》きは、バタバタとした琳麗の足音で、かき消される。

どうしよう、どうしよう……！

慧彩の言いつけを守るなら、石を十段は積まなければならない。

永寧宮《えいねいきゅう》内の石について、琳麗は殆《ほとん》どを把握していた。

平たい砂利として輝板石が敷かれていた記憶がある、南西の庭を目指す。

輝板石とは、何の変哲もない黒っぽい石の中に、キラキラとした鉱物が入っているからついた呼び名であった。

石を切り出した時に出る珍しくもない平たい端材であるが、大きなものになると、重ねて組んだ庭飾りができる。

大きければ手の大きさほどもあるそれは、琳麗の目的に適《かな》っていた。

「あった！」

後宮内であるので、想像よりも小ぶりだったけれど、積めそうな平たい形の黒い石がごろごろした庭に、琳麗はしゃがみ込んだ。

そして、ギンッと辺りを見回して一番大きな輝板石を手に取り、平らな地面を探して横向きに置く。

（一段目の完成……！）

手のひらより小さい一段目は、これから九の石を積むことを考えると、不安な大きさであったが時間の猶予はない。

次に不吉なことが起こる前にさっさと積まなければならない。

「二段、三段……四段……ああ、ぐらついてきた」

琳麗は慎重に輝板石を積み上げていくも、すでに石の塔は傾きかけていた。

「息を止めて、ご、五段……」

そろりそろりと四枚目の輝板石をのせたところで、背後から声がかかる。

「琳麗、なぜ妙なことをしている？　ここは後宮であって賽《さい》の河原《かわら》ではないぞ」

「うわわわっ！」

驚いた拍子にガラガラガラッと石の塔が崩れ去り、琳麗は涙目で声の主を振り返った。

「何してくれるんですか、陛下！」

見ると邵武が怪訝《けげん》な顔で立っている。少し離れた木の陰には皇帝付きの宦官《かんがん》である玉《ぎょく》樹《じゅ》の姿も見える。

「何事かと来てみれば、可愛《かわい》らしい雀斑《そばかす》顔のお前に会えるとはな」

琳麗の化粧をしていないぼんやり顔に気づいて、邵武が嬉《うれ》しそうに隣へとしゃがみ込む。

この人は不美人好きだとつくづく思う。

以前は、すっぴん雀斑のまま侍女に変装して気分転換をしていた琳麗に気づかずに、それはもう優しくしてくれた。

裏を返せば、後宮争いをする派手な美人が苦手ということなのだろう。

香りや、積極的さを排除した儚《はかな》げな心跳《きゅん》の宴《うたげ》で、手ごたえは感じられたから、それは根深いものなのかもしれない。

しかし、今の琳麗には余裕はなかった。

「すみません、忙しいので」

琳麗はたどたどしく謝り、邵武に背を向けてまた石を積み始めた。

不敬であるが、かまっている暇はない。しかし、化粧をしていないので突き放す真似《まね》はできない。

「せっかく心配して来てやったのに、つれないな」

邵武が立ち去る気配はない。

「私のことを考えてくださるなら、放っておいてください」

琳麗はカチッ、カチッと石を積み上げた。

「俺も手伝うか？」

と、邵武が下の段より明らかに大きな輝板石を拾い上げて上へと載せたので、またガラガラと石の塔は無残に崩れる。

「ああっ……！」

全然手伝いになっていない！　もしかして、邪魔をされているのではないだろうか？

琳麗は恨めしそうに邵武を見た。向けられる好奇心に溢《あふ》れた黒い瞳は、優しげではあるが悪戯《いたずら》っぽい輝きもあった。

「もう……私は真剣なのに」

目で語ると、邵武も不謹慎だと感じたのか真面目な顔を作る。

「そんなに思いつめているのは、慧彩に何かを言われたからか？」

「ご存じなのですか？」

後宮のことが邵武の耳に入るのはおかしなことではないけれど、早すぎる。

「梓蘭から皇太后へ報告があり、俺の耳へと入った。あの二人は長い付き合いで、梓蘭も最年長の徳妃《とくひ》の役割として後宮の雰囲気を考えてのことだろう」

すると、梓蘭は慧彩の卜占に屈してはいないのだろうか。

「琳麗のことだから慧彩のところへ乗り込むと俺は考えた。あちこち調べまわっていたようだしな」

「ぎくり……」

後宮に興味がなさそうに見えて、仕事としてきちんと把握をしているのが邵武らしい。

「だから、お前の侍女の瑛雪に、おかしなことがあれば報告しろと命じておいた。なんでも朝餉《あさげ》を見るなり奇声を上げて着の身着のまま房間を飛び出したとか。おかげで俺は雀斑の愛くるしい琳麗に再び出会えたわけだがな」

最後に邵武が目を細めて愛玩動物でも見るような眼差《まなざ》しを琳麗へ向けてくる。

「……いや、最後で台無しです。化粧をしてない顔を見に、飛んできたともとらえられますよ？」

「うむ、見ていると落ち着くいい顔だ。少し青ざめているのは不健康そうだから、俺が予言を解いてやろう」

「いえ、予言は必ず来るもので、解けるとかありません」

話している時がもったいないと、琳麗は邵武に背を向けて輝板石を積み始めた。

「こうして並んで座り込んで石に触れていると、童心に返ったようで、楽しいな」

しかし、邵武は琳麗の横にしゃがみ、同じように石を積み始める。

琳麗が三段目に置こうとしていた石を取られて、邵武があっと言う間に六段まで積んだ。

「俺の手にかかればこんなものだ。続きをやるか？　進呈しよう」

「いえ、自分でやらないと意味がありません」

カチッ、カチッと琳麗は四段まで石を積み上げた。次に置く、一回り小さな平べったい石を探す。

「後宮一番の悪女が、なんてざまだ」

元気づけるつもりか、邵武が空気の読めない発破をかけてきた。

「だから、目をつけられたんですよ……もう、こんな巻き込まれ方ってないです」

気を抜くと恐怖に支配されそうだ。

「何段積めばいい？　どうなるんだ？」

邵武はもう八段積んで得意げである。

「卜占によれば、私の不幸は回避ができないので……平たい石を十枚積めば、道が開けるんです」

五段目用に手にした石は、少し土に埋まっていたため、手に泥がついた。

でも、そんなのかまっていられない。琳麗は無我夢中で九段まで積み、やっと十段目の石となる。

今度は邵武の邪魔が入らず、彼はじっと琳麗の手元を見つめているだけだった。

琳麗は息を止めて十段目に爪よりも小さな輝板石をコトリと置く。

「やった、完成ー！」

ホッとした琳麗の泥のついた手を、邵武がきゅっと取り、しゃがんだ不安定な姿勢のままに引き寄せる。

その刹那に、唇が温かいもので覆われた。

「んっ……！」

邵武が琳麗に口づけてきたのだ。

反射的に瞳を閉じてしまい、されたことに気づいて、再び目を見開く。

感情が流れ込んでくるような口づけは、琳麗を勇気づけているようにも感じたけれど。

「お、お戯れは止めてください……！」

琳麗は身を引いて距離を取ろうとしたが、遠ざけられたのは顔だけで、手は摑《つか》まれたままだった。

「ほら、その嫌そうな顔。石を十段積んだのにお前の不幸は回避できなかった」

「はっ！　本当だ」

摑まれていない方の手で唇をゴシゴシと拭うと、邵武が怪訝な表情をする。

「いや、俺が傷つくから、正直すぎる反応はやめてくれ」

「はあ……」

邵武がばつの悪そうな顔を琳麗へ向けてくる。そして、琳麗の手を放し、肩へ手を置いてそっと立たせた。

「お前らしくないぞ、琳麗。卜占を信じる性格ではないだろう。後宮のことも化粧箱のことも、何でも己だけを信じて直走《ひたはし》ってきたのに、いまさら怖いものがあるのか？　どんなことも琳麗次第だろう」

「あっ！」

邵武に指摘されて、琳麗の頭の中をこれまでのことが巡った。

何もないところから立ち上げた化粧箱のこと、それを売り込むために手段を選ばなかったこと。

邵武にそそのかされて後宮一番の悪女となったこと、悲観に暮れながらも気心の知れた友人もできて、わりと楽しく後宮生活を充実させていたこと……。

「私が、今までしてきたこと……」

全部が琳麗の手によって、摑み取ったことだった。

誰に予言されたわけでもない。

「塞ぎこんでいる他の妃嬪《ひひん》だって、琳麗と気が合うのならば、遅かれ早かれおかしいことに気づくはずだ。その時にお前が変な調子のままでいたら長引くだろう」

邵武の言葉が琳麗の胸にすっと落ちる。付き物が消えたかのように、前向きな気持ちが戻ってきた。

「そのようです。目が覚めました」

威勢のいい声が戻り、琳麗は背筋を伸ばす。

「よし、顔色は戻ったな。この後はどうする？　珍しい茶菓子があるのだが――」

「あーっ、朝餉を食べそこないました！　お世話になりました、陛下、お見苦しい姿でずみませんでした。これにて失礼致します」

琳麗はバタバタと朱花宮へ向けて走り出す。

「俺は朝餉以下なのか……」

邵武のぼやきは琳麗には届かなかった。


慧彩の予言から琳麗が立ち直って六日が過ぎる頃には、永寧宮の雰囲気は前に戻りつつあった。

「お姉様、紫檀《したん》の衣装箱ですって！　素敵だわ、買ってしまおうかしら」

先を歩く蝶花が、商品を指差しながら琳麗を振り返る。

「蝶花さまのお房間が広いからって、考えずにぽんぽん増やしたら、翠葉宮から物があふれてしまいますよ」

風蓮は隣で、琳麗の腕を取りながら元気に歩く。

今日は一年に一度ある、永寧宮へ隊商が訪れる日であった。

娯楽の少ない後宮が一気にわく時期と、仲直りの時期が上手《うま》い具合に重なったのである。

あれから邵武は、蝶花と風蓮を見舞ってくれたらしい。しかも、長い時間をかけて勇気づけてくれたのだとか。

そして、立ち直った琳麗が今までと同じ勝気な様子でいたら、蝶花と風蓮もすぐに戻って、歩み寄ってくれたのだ。

文の返事が好意的になり、昨日は前のように琳麗の房間へ集まった。

不幸なことが何も起こらなかったせいもあったけれど、琳麗は立ち直らせてくれた邵武に、改めて感謝の気持ちを感じる。

(まあ、ご自身の後宮なのだから当然ですけど)

連れだって歩く華やかな三名の妃嬪は、一番のおめかしをしていた。

それゆえ、艶《あで》やかな化粧顔の琳麗は、邵武への優しい礼の言い方が思いつかない。

(ここで何か買って贈ったらいいのかしら?)

殿方に贈り物などしたことはないので、勝手がわからない。父の左雲《さうん》は手拭で喜んでいたが、皇帝にそれはないだろう。

琳麗は、隊商の品物がずらりと続く広い房間を見渡した。

大店《おおだな》級が四十はある。まるで市の華やかな部分だけを連れてきた、後宮のための商い通りのようだ。

暐燎国一番の栄えた街のような光景だが、後宮であるため店番が皆、女性であった。

どの商売人も街一番の腕利きを集めたのか、やり手そうな顔と感じのいい声掛けがあちらこちらから聞こえてくる。

それらの飛び交う声のする方を見ると、見ているだけで寿命が延びそうな素晴らしい品ばかりが所狭しと並んでいた。

広げられた色とりどりの布に色糸、帯や飾り紐《ひも》、簪《かんざし》に装身具、香炉に扇、花瓶や彫刻、茶器、ついたてや絨毯《じゅうたん》、家具に灯りまである。

「琳麗様、元気になられて何よりです」

蝶花や風蓮ときゃあきゃあ見て回っていると、侍女を大勢連れた梓蘭が近づいてきた。

「梓蘭様！　お世話になりまして、もうすっかり気鬱は吹き飛びましたわ」

間接的に邵武を動かしてくれたのは梓蘭である。彼女のような後宮の妃嬪としてのさりげない気配りはできる自信がない。

「確か本日は侍女の皆さんに揃《そろ》いの贈り物を選ぶとか」

昨日は梓蘭も朱花宮へ来たので、隊商市を見て回ることを誘ったら、そう断られたのだ。

「ええ、皆様よくしてくださりますから、その感謝を示さなくては」

梓蘭が侍女達へ微笑すると、ほわっと侍女が幸福そうな顔を見せた。

「ああ、私も何かするべきだったかしら」

皇家《こうけ》から連れてきた瑛雪以外にも、賢妃である琳麗の侍女は大勢に増えた。その下につく宮女も含めると、全員を把握できないでいる。

化粧の悩みを抱えている侍女には積極的に話しかけているけれど……。

「妃嬪それぞれにございます。琳麗様は、そのままでよろしいかと。優秀な瑛雪様が傍にいらっしゃいますし」

梓蘭が手で示した先には、侍女に囲まれた瑛雪が居た。揃いの巾着を買うのか、皆が柄を真剣に眺めている。

琳麗と目が合うと瑛雪は小さく手を振った。招くようではなく、やや拒むように、シッシッとされる直前の加減である。ここは任せろということなのだろう。

（瑛雪……苦労を掛けるわね）

「琳麗様もどうぞ、楽しんでください。また論議、する日を心待ちにしております」

そう微笑《ほほえ》んで、梓蘭は侍女達と共に装飾具の店へと行ってしまった。

（まあ、私らしくパーッと楽しむことにしましょう）

「蝶花、風蓮。今日はお洒落《しゃれ》なものを買いまくるわよ」

「はい！　お姉様」

「はい、行きましょう」

琳麗がニヤリと不敵に微笑むと蝶花と風蓮が、左右それぞれの腕にぴょんと飛びついて重みをかけ、三人は歩き出した。

買い物は気力と体力の勝負である。

琳麗は流行《はや》り物を買いまくって、最後の品である水盤を朱花宮に届けるようにことづけ終え、達成感でいっぱいであった。

ふと思えば……花瓶は山のようにあるし、新たに水盤は必要だったのかということが、一瞬だけ頭をよぎるも無視する。

財布の紐が緩いのは、蝶花も風蓮も同じであった。

多くの戦利品の中で例を挙げると、蝶花は体は一つしかないのに、色違いなだけの耳飾りを五種類も買ったし、風蓮は表情違いの縫いぐるみを五種類も購入している。

お互いに冷静さを欠いているとわかっていても、つっこむのは野暮であった。

隊商は、来年もっと種類違《バリエーション》いを増やしてくることだろう。

琳麗なら間違いなくそうする！

「ふーっ、買った買った。全部の店を見たかしら？」

左右に店があるように縦長に配置されている隊商市は、右から順に真っすぐ見て回る予定であったが、反対方向の店も気になり、蝶のように飛び回って買ってしまった。

「ああ、そういえば、蝶花さまのご実家の店を見ていません」

へとへとになりながらも、風蓮が口にして、琳麗の気力が戻ってくる。

「そうよ！　紀家《きけ》の店を見逃したわ、蝶花ごめんなさいね。今から行きましょう！」

「お姉様のお眼鏡に適《かな》うものがあればいいのですけど、こっちです」

実家の者に会えるのが嬉《うれ》しいのか、蝶花が率先して琳麗の手を引く。

（皇家も、欲を出して品数を増やせば、賢妃である私の影響力《コネ》で隊商に参加できるかもしれないのに……こんなお金のなる木は他にないわ！）

琳麗が真剣に検討を始めたところで、視界に紀家の店が見えた。

食器や飾り棚、小物入れに裁縫道具、鏡に櫛《くし》、日常の中で使う可愛《かわい》らしい小物がずらりと並ぶ。

「まあ、可愛い！　そんな中に豪華さや気品もあって、ああ……この小物入れ素材が凄《すご》いわ。やるわね、紀家！」

「ふふん、お姉様の取り巻きですからこれぐらい当然です」

蝶花が胸を張ったところで、風蓮が何かに気づいたように声を上げる。

「あっ！　これ、おねえさまの化粧箱を卸しているのですか？」

「三段重ねの化粧箱？　あれは、うちの専売品よ――って、ええっ!?」

　琳麗は紀家の店に並んでいた化粧箱を見て驚いた。

　皐家の化粧箱に瓜二《うりふた》つの三段重ねの化粧箱が売られている。よく見ると、箱の色味や仕上げが違うが、パッと気づくのはそれぐらいである。

「あ、あああの、そっくりさんですね？……ごめんなさい！　好きすぎてお父様に話したら真似《まね》されてしまいました」

　ばつの悪そうな顔で言い訳しかけた蝶花が、ガバッと頭を下げた。

「蝶花さま、おねえさまが好きなのはわかりますけど、それはひどいです！」

「いいのよ、風蓮。市井ではよくあることだし。間違って買わせるのはよくないけど、化粧に興味を持ってくれる子が増えるのは嬉しいわ」

　琳麗の代わりに腹を立ててくれる風蓮を制して、琳麗は蝶花に向き直る。

「あとは中身次第ね。粗悪品だったら許さないけど、蝶花が伝えたのならちゃんとしたものになっているのでしょう？」

「は、はい。多分、いえ！　責任を持ってお父様に文を出して確認しますわ！　本当にごめんなさい」

　じろりと見ると蝶花の背筋が伸びた。

「一番弟子みたいなものだから、貴女《あなた》に真似されるのなら歓迎よ」

楽しい買い物の最後をこんな雰囲気で終わらせたくない。琳麗は宥《なだ》めようとしたけれど、状況と化粧顔のせいか、いびっているようにも見えてしまうだろう。

しかし、ちらほらと視線が琳麗達に集まり、紀家の店主や店番から心配そうな目が向けられる。

たまらずといった様子で、風蓮が明るく努めて、紀家の三段重ねの化粧箱を手にした。

「えーと、じゃあ、これは店先を騒がせてしまったお詫《わ》びに、わたしが買います！　あとで感想を、おねえさまと蝶花さまにお知らせしますね」

風蓮がそう取り成して琳麗と蝶花を笑わせ、買い物は終わった。


しかし、事件は間もなく起きた。

やっと恐れることなく夕餉《ゆうげ》と向き合える喜びを噛《か》み締《し》めていた琳麗の元へ、衝撃が走る知らせが飛び込んできたのだ。

「琳麗様、一大事です！　風蓮様が紀家の化粧箱の品で、手がかぶれてしまわれたそうです」

風蓮の侍女が訪ねてきたと思ったら、対応した瑛雪がそのまま侍女を連れてきた。

瑛雪も、事の重大さがわかっているようだ。

「それって、間違いなく今日、風蓮が隊商から買った化粧箱よね。皇家《うち》のではなく、蝶花の実家が売っている」

「はい、風蓮様はキャッと叫び声をあげられたかと思うと、こんな風に手をお押さえになってかぶれたと……」

風蓮の侍女が左手で右手を押さえて見せた。

ひとまず、顔ではなくてよかった……でも……何かが引っかかる。

「すぐに洗い流したのでしょうね？　後宮医はなんと？」

琳麗は心配でたまらず、化粧をした顔で鋭く侍女に詰め寄った。

「いえ……洗われたあと、発疹《ほっしん》だけでたいしたことはないと風蓮様が仰《おっしゃ》り、軟膏《なんこう》を塗り包帯を巻いただけにございます」

侍女の言葉から推するに、どうやら軽症のようだ。広がってひどくならなければ、一時的なもので心配ないだろう。

「問題があった化粧箱はどうしたの？　今は平気でもあとで悪化することもあるから、後宮医には診せたほうがいいわ」

「それが……琳麗様と蝶花様に迷惑をかけてしまうからと、化粧箱は処分してしまわれました。風蓮様はお疲れになって、今は眠っておられます」

「あの子ったら、こんな時まで気遣うなんて……」

琳麗は風蓮の侍女を見送ると、夕餉に戻った。

しかし、食欲はもうなく、心配事がむくむくと胸の内に広がっていく。

（かぶれる材料を使っているなら、街で売っている紀家の化粧箱でも同じ問題が起こる）

「市井では……皇家の化粧箱も紀家の化粧箱も、混同されるわ、似ているもの」

琳麗の耳に届かないだけで、すでに販売できなくなっているかもしれない。

『三段重ねの化粧箱はこれから評判が下がり失敗します、ご実家が危ないです』

慧彩の言葉が脳裏にありありと蘇《よみがえ》り、ゾクゾクと恐ろしい気分になる。

しかし——と、琳麗は首を傾《かし》げた。

「…………」

一つ気になることがある。

風蓮の侍女が押さえていたのは確か……右手だった。

手先が器用な風蓮の化粧の腕は琳麗がよく知っている。彼女は右利きであり、肌より前に手に塗って試すのであれば左手に塗るだろう。肌がかぶれることは妃嬪《ひひん》にとって一大事なのに、後宮医を呼ばずに眠ってしまったこともおかしい。

化粧箱が問題になっていることは事実であるが、宮に籠っている慧彩一人がそこまで介入できるだろうか？

しかし、全部が偶然にしては、できすぎている。

「他に陰で暗躍する本当の悪女がいるのなら……」

そう呟《つぶや》いて、琳麗は事の始まりから頭の中で反芻《はんすう》した。

後宮へ介入してきて、琳麗に新しい仕事を振った皇太后は、慧彩とつながりがある。

皇太后と梓蘭は古くからの仲で、梓蘭は徳妃として後宮の雰囲気を保つために、皇太后に相談をする間柄だ。

そして皇太后は皇帝の母であり、邵武とつながっている。また邵武付きの宦官《かんがん》である玉樹は多くのことを知っているだろう。

琳麗を心配して見にきた邵武は、琳麗の侍女である瑛雪から報告を受けていた。

一方で、琳麗の取り巻きである風蓮の行動が怪しいが、嘘《うそ》とは決めつけられない。

妹分である蝶花は実家の商家で琳麗の化粧箱を真似して販売した……。

「誰が慧彩様に手を貸しているの……？　それとも、本当に偶然……？」

しかし、どれだけ考えても今の琳麗に突きつけられた現実は残酷な一つだけである。

(三段重ねの化粧箱の評判が危ない！)

生涯を捧《ささ》げた、自慢の品である。

今の市井ではどんな状況になっているか、気が気ではなかった。

閉じられた後宮《こんなところ》で怯《おび》えているわけにはいかないのだ。

琳麗はすぐに実家にいる父の左雲に文を送った。

化粧箱の評判はどうなのか、何もないとしても今後は充分気をつけて欲しい旨を急いでしたためたのだけれど……。

「あの人畜無害めー！」

父親に対してひどい言い草だが、以前、人に騙《だま》されて家を傾かせたことがあり、その時何とかなったのは、琳麗の化粧品作りのおかげだった。

しかも古い知り合いの宦官である道栄《どうえい》と組んで琳麗を後宮に入れた計画犯だ。

これぐらい言っても罰は当たらない。

「左雲様は何と言ってこられたのですか？」

琳麗は眉間に皺《しわ》をよせると、皇家から来た書簡を瑛雪に見せた。

「こちらは問題ない。心配せずにおまえは自身のお役目を果たされよ……ですか」

主従の関係である瑛雪でさえ、左雲の返事を見て、大きなため息をついた。

これでは返答がぼんやりし過ぎて、化粧箱の評判に傷がつくようなことはまったくないのか、または悪評があるがこちらで対処できるから安心しろという意味か、はたまた問題はあるけれど心配させたくないからなのか、わからない。

せめて化粧箱への悪評の有無だけでも、はっきりさせて欲しかった。

今にして思うと、化粧箱の商いを積極的に進めてきた琳麗がいなくなって、本当に実家は大丈夫なのかということさえ、心配になってくる。

「左雲様を信じるしかありません」

苛々《いらいら》している琳麗を瑛雪が宥める。

「わかってる、わかってるけど、ね」

（家に戻って、お父様の首を絞め……直《じか》に問いただしたい）

それからも急ぎの手紙を再度送ったのだけれど、やはり父はなしのつぶてで、琳麗の不安と苛立《いらだ》ちは日に日に募るばかりだった。

・

数日後、ついに琳麗は待ちきれなくなり、行動に移した。

瑛雪が完璧に寝入るのを待って、雀斑顔《そばかすがお》のままで寝床からそっと抜け出す。

(今動かないと化粧箱が危ない！)

その一心で、後宮を出ようと考えていた。

瑛雪は巻き込めないので、一人で行くつもりだ。幸い、体力はある方なので塀をよじ登ることもできるだろう。

前日にこっそり用意しておいた荷物を肩に結びつけ、護身用にも壁を登る時にも使える短めの棒を手にする。

そして、戸をそっと開けて房間から身体《からだ》を出したのだけれど……。

「誰っ⁉」

人の気配がして、反射的に棒を振る。

ブンと音がしたけれど、どこにも当たらずに空を切った。

おそらく軌道を逸《そ》らされたのだ。目視しようとしたけれど、今は月が雲に隠れ、暗くて相手の姿が見えない。

(もしかして、暗殺？　誰の差し金？)

考えながらも琳麗の身体は動いていた。

今度は相手の避けづらい腿《もも》の辺りに向かって、棒を横に薙《な》ぐ。

商家の娘で、誘拐騒ぎが日常茶飯事だった琳麗は、護身術を習得していたし、並の妃嬪なら立ち竦《すく》んでしまうような場面でも、冷静でいられる。

「むっ……」

今度は当てるつもりで速めに振ったのに、避けられてしまった。

得物としては棒が短すぎるので仕方ないとはいえ、相手はなかなかの動きだ。

侍女や宦官ではなく、後宮に忍び込んだ、暗殺を生業にしている者かもしれない。

ならばと、今度は相手の中心に向かって全力で棒を突き出す。

しかし、それも易々《やすやす》と手で受け止められた。

「夜の体操はこのぐらいにしないか？」

棒を諦め、体術に切り替えようとしたところで、相手が口を開く。

雲の切れ間から顔を出した月が照らしたのは、邵武だった。

「こんな夜に、なぜ邵武様が？」

つい寝所でだけ許された彼の名を呼んでしまう。

「それはこっちの台詞《せりふ》だ。そんな格好をしてどこへ行くつもりだ？」

もう遅いのはわかっているけれど、慌てて肩の荷物を背中に隠す。

「急に月が見たくなりまして」

「後宮を逃げ出せば、本人は極刑。実家もただではすまないぞ。そんなことがわからないお前でもないだろう」

返す言葉もなく、身体から力が抜けていく。

焦る余り、後宮から抜け出し、化粧箱の評判を確かめるところまでしか考えが回っていなかった。

後宮から自ら逃げだしたとなれば、斬首は逃れられず、罪人を出したとなれば、皇家の商いにもかかわり、それこそ傾いてしまうだろう。

化粧箱を救うためでも、本末転倒だった。

「お前の優秀な侍女に感謝するんだな」

その言葉で、なぜ彼が自分の房間の戸口で待っていたのかわかった。

普段と違う琳麗の様子を察した瑛雪が止めて欲しいと、玉樹辺りを通して、邵武に伝えたのだろう。

「そこまでして後宮を出たい理由を聞かせろ」

どうやら瑛雪は琳麗の事情までは邵武に伝えていないらしい。

「化粧箱に悪評が広がる兆しがあるのですが、父に文を送っても要領を得ず、私が何とかするしかなくて」

理由を聞いた邵武は驚いたようにまじまじと琳麗を見た。

「そんなことか。俺はてっきりお前が後宮に嫌気が――」

「私にとっては一大事です！」

化粧箱は自分にとってすべてと言ってもいい代物だ。それが誰かの陰謀で駄目になるなんて耐えきれない。

自分がたとえ死んでも、世に自分の作った化粧箱が残ればそれで幸せだ。

「わかった、わかった。後宮を出て、市井で化粧箱の件を調べられればいいんだな？　本当にそれだけだな？」

邵武の言葉に光を見出《みいだ》し、何度も頷《うなず》いて肯定する。

今の琳麗はどんなものでもすがりつきたい心中だった。

「今回だけは何とかしてやる」

「後宮を出してくれるのですか⁉」

「必ず戻ると約束するならな」

念を押した邵武に、琳麗はすぐさま頷いた。

「俺は時折、自ら民の様子を知るため、密《ひそ》かに市井へ出ることがある。その時の供として、お前一人を連れて行くことぐらいはできる」

「連れて行って下さい、お願いします、お願いします」

地獄に仏とはこのことを言うのだろう。

「すぐに手筈《てはず》は整えさせる。だから、今日は大人しく眠っておけよ」

「ありがとうございます、ありがとうございます」

感謝の言葉を述べると、なぜか邵武が怪訝《けげん》そうな顔をする。

「そこは抱きついて喜んで欲しかったのだが」

「陛下がそのような色魔を望まれるのでしたら、嫌々ながら致しますが？」

「ははは、調子が戻ってきたな」

笑いながら帰っていく邵武を、琳麗は見送った。

五章　お忍び遊山は化粧箱持参で

邵武《しょうぶ》はすぐに約束を果たしてくれた。

いつ後宮を出られるのかとそわそわしていた琳麗《りんれい》の房間《へや》に皇帝の使いとして宦官《かんがん》の玉《ぎょく》樹《じゅ》が訪れたのは、翌日の昼のこと――。

「琳麗様、話はお聞きになっておられますでしょうか？」

「もちろんです。それで、いつ？　いつ私は出られるのですか？」

琳麗は礼をして房間に入ってきた玉樹に食い気味に問いで返した。

「今回の件については、あまり他言なされませんように」

「そのとおりでした」

出られることの喜びと興奮で、つい配慮が足りなかった。

おそらくは後宮を出られることは例外中の例外だ。

一時的にでもここを出たいと願うのは琳麗だけではない。他の妃嬪《ひひん》に知られたら、自分も出してほしいと言われて面倒なことになるのは目に見えていた。

そうでなくとも宴《うたげ》の件で今、琳麗は他の妃嬪からあまりよく思われていない。

(悪女が悪評を気にするなんて、おかしなことではあるけれど)

平穏に暮らすためには仕方がない。

「用意をしたいので、日程を教えて頂けますでしょうか？」

「ありません」

なるべく心落ち着かせて尋ねたけれど、玉樹から理解不能な言葉が返ってくる。

どういうことなのか首を傾《かし》げると、彼が続ける。

「琳麗様には今すぐにここを出て頂きます。以後必要な物は、こちらですべて用意してありますのでご心配には及びません」

「はぁ……」

思わず気の抜けた返事をしてしまったが、その理由にはすぐ察しがついた。

「皇帝が市井に出ることは口外無用であり、墓まで持っていって頂きます。また、後宮から何かを持ち出すことは許されません」

玉樹の説明に琳麗は素直に頷く。

暗殺の危険を考えると、当然の配慮だろう。

「わかりました。瑛雪《えいせつ》は――」

言いかけたところで、玉樹が首を横に振るのが視界に入る。

「――ごめん。お土産買って帰ってくるから、ここで待っていて」

「琳麗様の帰りをお待ちしております」

瑛雪が微笑《ほほえ》んで口にする。

元から予想がついていたのだろう、さすができる侍女だ。

自分だけ実家に戻るのは気が引けるけれど、これぱかりは仕方ない。

「では参りましょう。まずは清瑠殿《せいりゅうでん》に向かって頂きます」

頷くと、玉樹の先導で後宮を歩いて行く。

今日は化粧をしていないし、昼間でもあるので朱花宮《しゅかきゅう》を出てしまうと、琳麗が歩いていてもほとんど注目されない。

むしろ、異国の血が入った玉樹の方が目立つけれど、妃嬪は宦官の格好をした者に注意など払わないので、誰にも声を掛けられることなく、二人は清瑠殿にたどり着く。

てっきり寝所で邵武が待っているのかと思ったけれど、違った。

寝所の入り口を通り過ぎると、さらに左へ右へと清瑠殿の廊下を進んでいく。

曲がり角の多さに加えて、見た目そっくりな十字路を何度も通ったので、どの方角に向かっているのかもすでに琳麗にはわからない。

「道順は覚えないほうがご自身のためかと」

玉樹の忠告で、それも侵入者や暗殺者を惑わせるためのものだと気づいた。

閉じた後宮といえども、人や物の流れは多少なりともあるので、これほどの警戒も過剰とはいえないのだろう。

外敵が攻めてきた際、皇帝は後宮に籠って身を守ると言われている。

これら皇帝を守るための重大な秘密は、きっと後宮を出るまでまた出会うだろう。普段なら全力で勘弁願いたいことだったけれど、化粧箱の評判がかかっているので今回ばかりは甘んじて受け入れるしかない。でも……。

「本当に私、戻ってこられるのかな」

「その点はご心配なく。陛下の気が変わらなければ、ですが」

思わず呟《つぶや》くと、物騒な答えが玉樹から返ってくる。

この人はわざとなのか、天然なのか、自分の発言で他人が怖《おそ》れたり、困ったりするのを楽しんでいる節がある。

邵武への態度も普段からこうなのだろうか。

「こちらへどうぞ」

先導していた玉樹がやっと足を止める。

その間、一度として迷ったり、引き返したりすることもなかった。邵武の側近なので、清瑠殿のことは知り尽くしているのかもしれない。

自分より皇帝の秘密を知っている人がいることに、意味もなく安心する。

この場合、程度はまったく関係ないのだけれど……。

「来たか」

案内された房間に足を踏み入れると、中では今度こそ邵武が待っていた。

そこは政務をする場所なのだろうか、大きめの卓と椅子、幾つもの棚が置かれている。ただ皇帝の房間としてはかなり質素な作りをしていた。

邵武らしいといえば、らしい。

おそらく後宮の外に、正式な政務の房間は別にあるのだろう。

「陛下、このたびはありがとうございます」

「礼はいい。約束したからな。時がない、急ぎ出るぞ」

(四夫人を半分にしたら、後宮から出すという約束は守らなかったのに！)

文句がすぐ頭に浮かんだけれど、黙って頷く。

すると邵武は琳麗達が入ってきた入り口にではなく、椅子の後ろにあった衝立《ついたて》の裏へと回った。玉樹も何も言わずについていく。

「何をしている、早く来い」

「は、はい！」

衝立からもう一度顔を出した邵武に催促され、首を傾げながら琳麗も向かう。

（ここが皇帝だけの後宮と外との通り道!?）

衝立に隠れていたそこには屈《かが》まないと通れないほどの丸い穴があり、どこかへ繋《つな》がる通路が見える。

皇帝を龍に喩《たと》えることがあるけれど、まさしく龍の通る道のようだ。

腰を曲げて穴を通ると、琳麗は二人に追いつくため、早足で向かった。

しばらくするとガランとした房間にたどり着く。

中では武官らしき格好をした者が数人待っていた。ほとんどが男性だが、女性が二人いる。官吏としても珍しいのに、武官となればさらに希少だろう。

久しぶりに会った男性に少し警戒したけれど、これぐらいで反応していたら、市井では目立ってしまうだろう。緊張を解くよう心がける。

「今日の護衛を行う者達です」

玉樹が琳麗にもわかるようにか、説明してくれる。

「ご苦労、先に行っているからこいつの着替えを頼む」

邵武が命じると、女性達が頷《うなず》く。

男達は早々に房間を出て行った。

「さあ、琳麗様。お手伝い致しますのでこちらにお召し替えを」

「はい、お願いします」

用意されていたのは琳麗が市井に居た頃に着ていたような、少しだけ見栄えがする飾りが入っているけれど、厚手で袖や裾が短めの千草色の襦裙《じゅくん》だった。単色で、作りも簡単だけれど、丈夫な衣だ。やや小金持ちの商人の娘といったところだろう。

最後に簪《かんざし》を挿して髪をまとめ、朱色の布袋を手に持つ。

着替えを終えてみれば、いつの間にか護衛の女性達が琳麗よりさらに地味で簡単な市井の衣に着替えていた。

「参りましょう」

促されるまま、次の房間に向かうと、そこには先ほどの者達が全員着替えを済ませた格好で待っていた。

邵武は白色の長袍《ちょうほう》に黒い帯を締めており、頭には黒い頭巾を被《かぶ》っていた。官吏ではないけれど、それなりに裕福な家の長子といったところだろうか。

一方、玉樹は二人のお付きの護衛風なのか、頭上で髪を結って雑に布で巻いて留め、粗末な上衣に、股下の短い褌《こ》と呼ばれる下衣を身に着けている。腰には曲刀を差していて、変装は慣れたものなのか、いつもと違って姿勢が悪く、本当にならずもの上がりの雇われ護衛に見える。

「お待たせしました」

「質素な格好とそのぼんやり顔、いいな」

わざとらしく邵武がじっと見てくる。

琳麗としては、後宮に来るまでは化粧をしない顔も含めて当たり前のことで、それぐらいで恥ずかしいと思ったりしない。

「時がないのでしたよね？」

じとっとした目で邵武を見て、言い返す。初めて会う護衛の者達がひやひやしそうな態度だけれど、誰も動じた様子はない。

「日暮れ前にはもどらねばならない。まずは市井に出るぞ」

邵武の言葉を合図に、護衛の武官達の先導で房間を出ると屋外だった。すでに自分が居る場所は、曄燎城の中ではあるが後宮の外だったことに気づかされる。

その後、琳麗と邵武、玉樹を中心として武官が周囲を固めて進む一団を、誰一人止める者はいなかった。

琳麗が後宮に入る時は数え切れない門を、腰牌を見せてくぐったのに、今日は皇帝の一団の姿を見つけると勝手に門が開いていく。

しかも通った門は数えるほどしかない。

後宮にいると身近過ぎて忘れていたけれど、改めて、邵武がこの国の皇帝なのだと気づかされる。

「ここを出れば、市井だ。まずはどこへ向かう、琳麗？」

一団が小さな門の前で止まると、邵武が尋ねてきた。

何の変哲もない通用口だけれど、どうやらここが皇帝がお忍びで城と市井とを出入りする場所らしい。

「陛下の用事はよろしいのですか？」

「俺は市井の民の生活が垣間見《かいまみ》られれば、それでいい。だから琳麗の好きなところへ行くとよい」

邵武にも行きたいところがあり、その後で琳麗の望むところに連れて行ってくれるものだとばかり思っていたが、こちらを優先してくれるらしい。

なぜか今日は、邵武が心の広い名君に見えてくる。

「寛大な陛下のお心遣いに感謝致します」

述べながら、よくよく考える。

……までもなかった。まずはどう見ても実家兼店の漂満天《ひょうまんてん》だろう。

「実家の、皇家《こうけ》に行かせてください、父を問いただす必要があります、陛下」

「わかった。ただ、その陛下呼びはこの後やめろ」

確かに市井で陛下呼びしていたら、不敬だと誰かに引っ捕らえられかねない。

「では何とお呼びすれば？」

「そうだな、邵武か旦那様の好きなほうでいい」

「邵武様でお願いします！」

琳麗は即答した。

とても感謝はしているけれど、今は一応敵対しているわけで、慣れ合いは良くない。

「しかし、仮の名にしなくてもよろしいのですか？」

「市井の者はまず俺の名前など知らない。万が一、知っていたとしても知らないふりをするはずだ」

暇を出された元妃嬪《ひひん》などがいれば知っているはずだけれど、誰も厄介事を抱え込もうとは思わないだろう。

もし、何かあっても今は護衛がたくさんいるし、玉樹もいる。

慣れない仮名で呼んで不自然になるよりは琳麗としても助かる。

「では、皆の者、頼んだぞ」

邵武がそう告げると、何も言わずに武官達が方々に散り、供として玉樹だけが残る。

どうやらそれぞれが違う門から出て、遠くからもしくは庶民に紛れて、護衛するらしい。

人さらいや強盗に出会う心配はどうやらまったくなさそうだった。

琳麗の用事を優先してくれる、との話だったはずだけれど……。

「あれは何だ？」

「はい、はい、次はあれですね」

邵武が指した露店に向かうと手渡されていた布袋から貨幣を取り出して、店主から串焼きを三本買う。

魚介類を長い串に刺して炭火で焼いたものだけれど、蛸《たこ》や烏賊《いか》の足が生えているかのように縦に刺してあるので、少し気味が悪い。

庶民の料理なので、見た目は気にしていないのだろう。

「じゃあ……玉樹お願い」

琳麗は串焼きを手に二人の元に戻ると、まずは玉樹に手渡した。

彼が一番に口にするのは、毒味のためだ。

初めに邵武が露店の料理を食べたいと言ったとき、皇帝がその辺りで売っている物を食べるのはどうかと難色を示すと、玉樹が毒味に名乗り出た。

今ではさすがに別の者がしているそうだが、邵武が幼く太子だった頃の毒味は、年の近い玉樹の役目だったらしい。

ちなみに琳麗がお財布係なのは、売り物の価値が分かる者が他にいなかったからだ。邵武では多めに渡そうとして、不審がられてしまう。

「味に問題はありません」

玉樹が言っているのは、美味《おい》しいか、美味しくないかではなく、毒の味がしないかだ。口に含めば、それがどんな毒か大体分かるらしい。

深くは追究しない。昔のこととかは聞かない。

「では、私も」

玉樹に異変がないのを確かめて、今度は琳麗が口に入れた。

おそらく塩と山椒《さんしょう》をふりかけて、焼いてあるのだろう。炭火で焦げている部分が香ばしくて、食欲をそそる。

見た目に反して、味はわりと良い。

「大丈夫ですね、邵武様もどうぞ」

やっと彼も食べることができる。

「美味《うま》いな、刺激的な味だ」

おそらく初めて口にしただろう食べ物を、邵武は楽しそうに食べていた。

こんな雑な料理は後宮ではまず出てこないので、物珍しいのと、濃くて直球な味はたまに食べると美味しいと感じるものだ。

それにしてもここまで、少し歩くと邵武が屋台を指差し止まることを繰り返しているので、そろそろ寄り道せずに実家へと向かいたい。

「主は大変、喜んでいらっしゃいます」

不満げなのが顔に出たのか、玉樹が急に述べた。

「……そのようですね」

たまに外に出ているから市井を歩くには慣れているのかと思ったけれど、こうして食べ歩く、遊び歩くということはなかったようだった。

よくよく考えてみれば、今日以外の供はおそらく玉樹で、反応が面白くもないし、市井に詳しくもないだろう。

何となく辺りを見回り、話を通してある酒楼《しゅろう》の二階を貸し切って食事をして終わるといったところだろうか。

だから、市井をよく知る琳麗が一緒にいる今日は楽しいようだ。連れ出してくれた恩もあるし、そう邪険にはできない。

後宮を出るための厳重な手順や備えを見るに、琳麗を連れて行くのも、言うほど簡単ではなかったはずだ。

「あれは何だ？　饅頭《マントウ》か？　それにしては大きく、色がついているが」

「包子《パオズ》といいます。外見は饅頭と一緒ですが、中には色々な餡《あん》が入っていて、色によって中身が違うのです。せっかくだから、数種類買って皆で分けて食べ合いましょうか」

「良い案だ」

心底楽しそうに露店を見て回る邵武を急かすのは忍びない。

「お勧めは小豆餡が入った甘いものと、叉焼《チャーシュー》がごろっと入ったものです。すぐに買ってきますね」

「肉が入っているものがあるのか、楽しみだ」

琳麗は急いで実家へ戻るのを諦め、付き合うことに決めた。

結局のところ、お腹《なか》いっぱいになるまで食べ歩きは続き、琳麗の実家、皐家の漂満天に着いた頃には、早くも日が傾き始めていた。

日暮れ前には戻らなくてはいけないので、時がない。

「お父様はいる？」

店に入るなり、琳麗は店番をしていた馴染《なじ》みの男性に尋ねた。

「お嬢様、いつお戻りに!? 旦那様でしたら奥の房間で瞑想《めいそう》しておられますが」

つまるところ、昼寝をしているということだ。

「再会を喜んでいる暇がないの、ごめんなさい」

突然現れた琳麗に驚いているだろう店番に一言だけ説明すると、彼は足早に店の奥に入っていく。当初は邵武達はどこかで待ってもらうつもりだったけれど、その時も惜しくて、ついてきてもらう。

「お父様、琳麗です」

一度中庭に出て、父の房間に向かうと声をかけていきなり戸を開けて入る。

「んっ？ 琳麗！ なわけない。あぁ、夢か……」

父左雲《さうん》は椅子に座り、肘をついて、うとうとしていた。

「夢ではありません。おきてください、お父様！」

若干、悪意を持ってその肩を揺する。

するとハッとして左雲が目を覚ました。

「琳麗!? 本当に琳麗かい？　あぁ、我が娘よ、元気だったかい？」

左雲は目を覚ますと、大きく腕を広げている。

しかし、そこへ飛び込む気にはならない。

「久しぶりの再会を喜ぶ親子、みたいなものは必要ないです。聞きたいことがあって、一時的に後宮をでてきたの」

父のゆったり具合に付き合っていると、夕暮れになってしまうので返事を待たず、一方的に要約して話を進める。

琳麗は化粧をしていなくても、父にならば強く出られた。

「化粧箱に悪評はありませんか？　あるか、ないかでお答えください」

「な、ない。化粧箱は賢妃《けんひ》御用達《ごようたし》として今もよーく売れておる」

脅すように聞いたので、父の言葉に嘘《うそ》偽りはなさそうだった。

ひとまず胸を撫《な》で下ろす。

蝶花《ちょうか》の実家が勝手に販売した化粧箱の影響もないとしたら、風蓮《ふうれん》の手がかぶれたという話は何だったのだろうか。

「後ろの方はどなただい？　おまえの監視役の宦官《かんがん》かい？」

「ええ、そんなところ。お父様、そこはそれ以上気にしないでもらえる？」

考えに集中したいのに、左雲が邵武と玉樹を気にし始めてしまう。

首を横に振って暗に伝えたつもりだけれど、父は止まらない。

「それにしても一人は宦官らしい者だが、もう一人は、妙に貫禄《かんろく》があるというか、覇気を感じるというか。どこかで見たような……いや、これでもわしは人を見る目だけはあるから――」

「お父様、それ以上はお控えを」

危ないことを言い出しそうな父の喉元に、琳麗は手刀を当てて止めた。

この家を傾かせる名人には、自分がどれだけ危険なことを口にしているのか、直《じか》に伝えるしかない。

「一族郎党を斬首にさせたいのですか？」

「何を冗談を、あははは……はは……は……」

じとっと睨《にら》み続けると、父の笑い声が乾いたものになり、青ざめていく。

「な、なにもわしは見ていません、聞いておりません」

「よろしい」

左雲が目と耳を交互に塞いでいく。

やっと静かになってくれた。

「あの……お嬢様、お取り込み中申し訳ないのですが」

すると、今度はそこへ先ほどの店番の者が、おそるおそる声をかけてくる。

「どうしたの？」

「旦那様に客人がいらっしゃっております。紀家《きけ》の励江《れいこう》様だそうです」

「紀家!?」

それは蝶花の実家のはずだ。

事情を聞くには色々と都合がいい。

「ここに呼んでくれる？」

「畏《かしこ》まりました」

食べ歩きで時を過ごした分、話を聞きに行く手間が省けた。

しばらくして、店番の者が父より少し若い恰幅《かっぷく》のよい男性を連れてくる。

「皐左雲様、お初にお目に掛かります。わたしはしがない店で商いをしております、紀励江と申します。このたびは、化粧箱の件でご迷惑をおかけしたことを謝りにまいった次第でございます」

白髪交じりの頭を深々と下げて、言葉と表情からも申し訳なさが伝わってくる。

演技に見えないし、わざわざ謝罪に来る辺り、根は真面目な人かもしれない。少なくとも、左雲よりはよっぽど信頼できる商売人に思えた。

後宮に入る前に化粧箱について商談をしていたのは、主に琳麗だったので、取引相手が信用できるか、いまいち信用できないかを見抜くのには自信がある。

「それはご丁寧にありがとうございます。幸い、評判に傷はついていないようです」

左雲が答えると長くなるので、琳麗が先に答える。

「失礼ですが、あなたさまは……」

「娘の琳……麗の妹の琳凜《りんりん》です。姉から化粧箱の商いについては手ほどきを受けておりますし、逐一文のやりとりもしております」

さすがに後宮から出たことを広めるのはよくないと寸前で思《おも》い止《とど》まり、ぱっと思いついた名を口にする。

「賢妃様の妹君でしたか。賢妃様にはいつも娘がお世話になっております。今回の件も娘からきつく叱られまして。皇家様の化粧箱の名を汚すようなことは絶対してくれるなと」

苦笑いしながら、何度も申し訳なさそうに励江が頭を下げる。

蝶花も偽の化粧箱についてきちんと実家へ対処してくれたようだ。

この人と蝶花なら信頼できるかもしれない。

琳麗はそこに新たな商機を見出《みいだ》した。

「今後、あの化粧箱は売り物にしないとお約束します。売ってしまった分もできる限りお客様にはお代を返して回収するつもりです。どうかそれで今回の件は手打ちとして頂けないでしょうか？」

作ったものを回収して、破棄すると当然、大損だ。

ただ、それでは皐家には得も損もない。

「いいえ、許しません」

琳麗は首を横に振って、申し出を断った。

励江がうなだれる。

「さすがに甘かったですな。ご迷惑をお掛けしたのですから、皐家様からのご提案はどのようなものでも受け入れるつもりです。ご遠慮なくおっしゃってください」

「その言葉に嘘はないですね？」

未練がましく譲歩を引き出すのではなく、腹を決めたように励江が真顔で頷《うなず》く。

やり手ではないかもしれないが、やはり実直な人だと思った。

「墨と筆を」

店番の者がささっと左雲が使う一式を卓に用意してくれる。

琳麗は考えていたことを筆でさらさらと書き並べた。

偽物の化粧箱を売った対価として、皐家は紀家へ次のことを要求する。
一、紀家の化粧箱は形を変え売り続けること。
二、紀家の化粧箱は三段ではなく、二段とすること。
三、売値を皐家の化粧箱の売値の六割とすること。
四、化粧箱の利益の一割を皐家に収めること。
五、化粧箱にかかわるすべての品は一度、皐家の了承を得ること。

書き終えると、全員に見えるように掲げる。

「このような内容で、本当によろしいのですか？　これでは我が家にとっては罰どころか、得となりましょう」

励江の言葉に琳麗は首を横に振った。

「箱を二段にしても、六割で売るのは今よりずっと利益が少なくなるでしょう。簡単ではないはずです。そこは蝶花、淑妃《しゅくひ》様のお墨付きをもらって、それから励江様のお知恵で何とかしてください」

琳麗が見出した商機は、化粧箱の差別化をすることだった。

今の化粧箱は主に富裕層向けだ。値を六割にすれば、庶民も手を出しやすくなる。

化粧を広めるという琳麗の野望を、廉価版の化粧箱が担ってくれるはずだ。

さらにいえば、化粧箱を許可して他家で作らせれば、さほど手間が増えずに皐家で品質を管理できて、粗悪品が出回りにくくなる。

「皐家としては何もしなくても一割が入ってくるのですから、これほど楽な商いはありません。文句など出るわけがありませんよね、お父様」

左雲が琳麗の言葉にうんうんと頷く。

「ありがとうございます、左雲様、琳凛様。これで路頭に迷わずに済みます」

商いを乗っ取られることまで覚悟していたのだろう、励江が涙ぐんでやはり何度も頭を下げてくる。

「安心するのはまだ早いです。一つだけ問題があります。それが解決できなければ、紀家が化粧箱を再度売るのは認めません」

「何でしょうか？　どんなことでも致すつもりですが」

悪評が出ていない以上、さほど問題にはならないと思うが、これは必ず解決しておかなければならない。

「後宮で紀家の化粧箱を使って、肌がかぶれたという話は聞いてますか？」

「はい、娘から。すぐに調べさせたのですが同じように訴え出る者はおらず、回収した物にも特に問題はありませんでしたので、どうしたものかと」

申し訳なさそうに励江が答える。

「やはり、そうでしたか」

何となくそんな気はしていた。

「そちらはわた……お姉様に調べてもらいますので、追って連絡します」

「どうかよろしくお願い致します」

その後、細かい点を打ち合わせた後、励江は何度も頭を下げてから帰って行った。

あの様子なら、後は任せても大丈夫だろう。

「お父様、紀家とのことはお願いしますね。私は後宮に戻らなければなりませんので」

「あぁ、任せておけ。しかし、お前は後宮に行っても、商売人としての腕は落ちていないのだなあ。嬉《うれ》しいような、嬉しくないような」

しみじみと口にした左雲に、琳麗は無言で微笑《ほほえ》むと房間を出て行く。

「見事な裁きだった、感服したぞ」

中庭に出ると、邵武が感心した様子で話しかけてきた。

「時がありませんし、悪そうな人には見えなかったのでさっさと片付けただけです。邵武様、終わりに近場にある職人のところに顔を出してきたいのですがよろしいですか？」

紀家の箱は若干だがゆがみがあった。

その点を直すには皐家が抱えている職人の助けが必要で、彼らの協力を得るためには琳麗が説得したほうがいい。

職人は皆、気の良い人達ではあるのだけれど、荒っぽくて、頑固なのだ。

「近いならまだ大丈夫だろう。すぐに向かうか」

「お待ち下さい。自分の房間で一度化粧をしてから行きます」

通りに出るため、店に戻ろうとした邵武の上衣の裾を琳麗は摑《つか》んで止めた。

「時がないのにか？」

「邵武様、化粧は何のためにするとお思いですか？」

頷いてから逆に尋ねる。

「決まっているだろう。美しく見せるためだ」

「もちろん、美しくなりたいがための化粧もしますが……」

予想通りの答えに思わず笑みを浮かべる。

「化粧は、武装なのです」

琳麗は曰《いわ》くありげに答えると房間へと向かった。

※　※　※

邵武は夕日に照らされた通りを琳麗と並んで歩く。

一行は職人達との話し合いを終え、一度、皐家に戻って琳麗が化粧を落としてから曄燎城に戻るところだった。

「何とか日暮れまでに間に合いそうですね」

「そのようだ」

適当に相づちを打つ。

ずっと琳麗の化粧をした横顔を見ていた。

(なぜ化粧をするかなど、考えたことがなかったな)

邵武にとっては、昔の出来事のせいで化粧は嫌悪感を抱かせる一つでしかない。妃嬪《ひひん》がなぜあれほど競うようにして顔を塗りたくるかなど、考えたこともなかったが……。

今日は琳麗に思い知らされ、化粧前の彼女の言葉が腑《ふ》に落ちた。

「職人が納得してくれて一安心しました」

「ひやひやしたぞ」

化粧をした琳麗は、いかつい職人に一歩も引けを取らなかった。

ゆがみのない化粧箱を作る技を他の者に教えて欲しいという彼女の依頼に、当初、職人達は「ふざけるな」「でていけ」と大きな声で威嚇や罵倒をしたけれど、琳麗は丁寧に、何度も何度も、必要さと利を説き続ける。

全体の利益が増えるので、その分、化粧箱の代金も上げられると約束したけれど、反発は激しいものだった。

男達が詰めよるような場面もあり、思わず介入しようと思ったけれど、琳麗が「必要ない」とそれを目で制す。

結局、先に根負けしたのは、威勢が良くて、腕っ節も強い、職人達の方だった。

凄《すさ》まじい胆力だ。

「もちろん、初めからああは上手《うま》くはいきませんでしたよ」

琳麗が昔を思い出しているのか、目を細めて夕日を見つめる。

「初めは仕事の場に、真剣な場に、化粧は失礼だろうと素の顔で行きましたけれど、そんな儲《もう》けがでるかもわからない物なんて作れるか、と門前払いでした」

今でさえ、あの剣幕なのだから、ひどかったのは想像がつく。

「何度行っても、怒鳴られ、追い返されました。けれど、どうしても化粧箱を作りたくて、諦めたくなかったのです」

「お前の化粧箱にかける情熱はすごいものがあるな」

後宮に入った後も、広めようと躍起になっているのは邵武も知っている。

「ある日、気づきました。いつも怒られているのだから、化粧をして怒られたところで何ら変わらないではないかと。そこで、職人達のところへ行く前に、気合を入れて、筆で顔を装いました」

確かに怒られる理由が一つ増えたところで、気にすることではない。

「すると、職人達が微《かす》かですが変わったのです。いえ、きっと変わった私に感化され、彼らも態度を変えたのです」

化粧した顔から、琳麗の覚悟がわかったのだろう。

「門前払いが探り合いに、探り合いが真剣な話し合いに代わり、お互いの妥協点を見つけ、終《しま》いには、仕事を引き受けてくれました」

琳麗が「もちろんそこまでかなりの時が掛かりましたけれどね」と付け加える。

「それ以来、私にとって化粧は殿方を色香で誘うためではなく、こうありたいと願う自分になるための武装、矛であり、盾でもあるのです」

ここぞという時にする琳麗の化粧が邵武の苦手なきつめなものだったのは、そういった経緯があったからなのかと、納得する。

「自分と同等か、もしくは強い相手に、武人だって丸腰では挑まないでしょう？　だから女性は化粧をするのです」

化粧をそんな風に考えたこともなかった。

「すまなかった、馬鹿にして」

琳麗に似た化粧をした妃嬪に騙《だま》された時、売り言葉に買い言葉だったとはいえ、彼女の化粧を馬鹿にしたような発言をした覚えがある。

化粧に対する琳麗の思いを聞いた後では、それを申し訳なく思う。

「気にしていません。人それぞれで、自分の考えを押しつけようとは思いませんから。もちろん、理解して、共感していただけるのは嬉しいですが」

本当に気にしている様子はなく、琳麗が微笑む。

邵武はほっと胸を撫《な》で下ろした。これ以上、彼女に嫌われたくはない。

琳麗がほぼ後ろ盾も使わずに後宮で上り詰めたのは、多少の運と商家の娘で他の妃嬪より機転が利くからだと思っていたが、大きな間違いだった。

普通の妃嬪が、いきなり入れられた後宮で四夫人や皇太后、それに皇帝と動じることなく対峙《たいじ》できるわけがない。

琳麗だからこそ、できたのだ。

商いで培ってきた彼女の知恵、胆力、そして自分に害を為《な》した者さえも得があれば許すという懐の広さで、他の妃嬪達を撥《は》ねのけ、惹《ひ》きつけてきたのだろう。

彼女のことを知れば知るほどに、その横顔から目が離せなくなっていく。

強気な化粧顔も、意味が分かれば、愛おしくも思えてくる。

そこで邵武はふと思い出した。

「そういえば、化粧は武装だというならば、花見のあの化粧はどうありたい自分だというのだ？」

「あれは蝶花と風蓮が勝手に……」

口喧嘩《くちげんか》した邵武の気を引くためだとしたら、これほど嬉しいことはないが、適当に誤魔化されるだろうと思っての問いだった。

「私は自分のためにしか化粧はしません！　あれは……気の迷いです！」

ぷいっと顔を背けると先に歩いて行ってしまう。

横顔が見られなくなって残念だが、すぐにまた隣にいけばいい。

邵武はふっと笑みをこぼすと、琳麗の後を追った。

六章　根深い宿怨が渦巻く後宮

市井から後宮に戻った翌日、琳麗《りんれい》はさっそく動き始めた。

まず訪れたのは風蓮《ふうれん》のところだ。

「琳麗です。風蓮、辛《つら》いだろうけれど、顔を見せてくれる?」

ぼんやり顔の方だったけれど、同じ朱花宮《しゅかきゅう》にいるので、風蓮の房間《へや》の前までは難なく来られる。

「おねえさま……」

か細い声が聞こえたかと思うと、侍女が戸を開ける。

連れてきた瑛雪《えいせつ》を待たせて一人で中へ入ると、寝台の上で上半身だけを起こす風蓮の姿があった。

「見苦しい格好をお目にかけてしまい、申し訳ありません」

心底、申し訳なさそうに呟《つぶや》く。

演技ではなく、本当に辛いのだろう。

ちらりと見ると聞いたとおり、右手には包帯が巻かれたままだ。

「もういいの、偽らなくて。辛かったでしょう？」

琳麗はこれ以上見ていられなくて、さっそく本題を口にした。

「おねえさま、何のことをおっしゃっているのでしょうか？」

「そのかぶれたという右手、本当は何ともないのでしょう？」

とぼけようとする風蓮に、琳麗は静かに首を横に振った。

「他の化粧箱からは何の問題もでていないわ。だから、評判も落ちていない。心配しなくていいから、本当のことを私に話してくれない？」

優しく、刺激しないように、諭していく。

すると風蓮の可愛《かわい》い顔はみるみるくしゃくしゃになって、涙がぽろぽろとこぼれ始める。

「ごめんなさい、ごめんなさい、おねえさま。あんなに大事になるなんて思わなくて。おねえさまにまで、ご迷惑をかけるなんて思わなくて」

風蓮が寝台の上で、崩れ落ちるようにひれ伏して、頭を下げる。

素早く琳麗は彼女の元に駆け寄って、抱き寄せ、顔を上げさせた。

「心配しなくていいと言ったでしょう。もう万事、上手く済ませたのだから」

「蝶花《ちょうか》さまだけ淑妃《しゅくひ》に上がったのが悔しくて、脳天気な彼女を困らせたくて……ごめんなさい、ゆるしてください」

嗚咽《おえつ》を上げながら、かぶれたと嘘《うそ》をついた理由を話してくれた。

風蓮は蝶花よりもさらに二歳若く、まだ十代半ばだ。

琳麗の化粧のような武器もまだ何も持っていない。そんな彼女が嫉妬に駆り立てられて、嘘を一つついたぐらい何だというのだろう。

「許します。だって貴女《あなた》は私の可愛い妹だから。妹のちょっとした間違いを許さない姉なんていないでしょう？」

本当に姉になった気分で彼女の頭を優しく撫でる。

「ほら、もうこれは必要ないわね。せっかくの白くて綺麗《きれい》な風蓮の肌が見えなくなってしまうもの」

包帯は罪を隠してくれるけれど、罪を逃がしもしない。

だから、琳麗は風蓮の包帯を外してみせた。

さらりと衣擦《きぬず》れの音を立てて、床に落ちる。

「おねえさま！」

風蓮が琳麗にぎゅっと抱きついてきて、その後、上げた顔は少し晴れやかなものになっていた。

きっと今まで罪の意識に囚われ、心を痛めていたのだろう。

「けじめとして、一度蝶花にはごめんなさいを言わないとね。大丈夫、私も一緒に謝ってあげるから」

「はい、おねえさま」

風蓮は謝りにいくことを素直に了承してくれた。

実家から事情を聞いただろう蝶花もあっさり許してくれるだろう。

これできっと、妹達は元通りだ。

「正直に話して欲しいのだけれど、かぶれたことにしたのは貴女一人の考え？」

風蓮が落ち着いたのを見計らって琳麗は尋ねた。

今回の件、あの者が暗躍している気がしてならなかったのだ。

多感な彼女達ならばそれとなく誘導する術はいくらでもあるだろう。

「はい。偽の化粧箱をみて、咄嗟《とっさ》に悪いことを思いついてしまって」

「本当に誰にも、何も言われていない？　誰かの使いとかが来ていない？」

どうやら琳麗の思い過ごしだったらしいけれど、一応念を押してみる。すると風蓮が「あっ」と小さな声を上げた。

「今まで忘れてました。確かに前日、貴妃《きひ》様の使いがいらっしゃいました」

「何て言ってきたの？」

やはり彼女が絡んでいたのだと確信するも、風蓮は首を傾《かし》げている。

「卜占《ぼくせん》で出たことを伝えに来られただけで。でも、前のおねえさまのでたらめな予言のことがあったので、すぐ追い返しました」

確かに若くても賢い風蓮が、二度も同じ手で騙されるわけがない。

「でも今思うと、あの予言は何だったのでしょう」

「予言を聞いたのね。覚えてたら一語一句教えて」

風蓮が視線を宙に向けて、記憶をたぐり寄せる。

「確か……」

（そういうことだったのね）

風蓮から予言の内容を聞いた琳麗は、慧彩《すいさい》がどうやって裏から手を引いて、化粧箱の粗悪品騒ぎを起こせたのかがわかった。

めらめらと怒りがこみ上げてくる。

「私の可愛い妹達を二度も泣かせるなんて……慧彩、覚悟はできてるかしら？」

「お、おねえさま？　化粧していないおねえさまのはずなのに、化粧しているおねえさまに見える」

腕の中でぷるぷると震えている風蓮のことを忘れるほどに、琳麗は怒っていた。

一度目はまんまと彼女の罠《わな》にはまってしまったけれど、悪女に二度の敗北はない。

琳麗は立ち上がると、卜占で人を惑わす悪女と対峙するため、戸口で待っていた瑛雪を連れて自らの房間へと戻った。


以前のように、怒りにまかせて対峙しては駄目だ。

今回の相手は冷静に追い詰めていく必要がある。

昨日、邵武《しょうぶ》には化粧の話を偉そうに語ってしまったけれど、実家に戻って、原点に戻って、琳麗も忘れていた初心を取り戻した。

初めの頃、化粧をする時、必ずなりたい自分を思い描いていたはずだ。

それがいつしかただ強く賢い女性だけになり、曖昧になってしまっていた。

「今、ありたいと願う自分は――」

何事にも動じず、冷静に四夫人と対峙する、後宮きっての、完璧な、悪女だ。

心に刻み込み、琳麗は支度を始めた。

美しく均一な白い肌を作ると、刷毛《はけ》で顔に陰影をつけていく。

鼻筋や顎の形を強調し、瞳は大きく見せる。

そして、細い筆を持つと目元から目尻に向かってすっと一本の線を引いて、そのまま跳ね上げた。

唇には真っ赤な紅を厚く塗り重ねてから、薄い紙をくわえて、離す。

「これでよし」

鏡を見ると、そこには思い描いた通りの悪女がいた。

いつも通り自信が漲《みなぎ》りつつも、怒りは化粧に引き受けてもらったので、心は落ち着いている。

牡丹《ぼたん》色の襦裙《じゅくん》に金の帯をきゅっと締め、髪は多くを高い位置で結い上げて金細工の簪《かんざし》を挿した。吊《つ》り目がさらに勢いを増す。

「今日はいつもより更に……何と申しますか、完璧です」

「当たり前でしょう。私が琳麗、後宮一番の悪女なのですから」

瑛雪の感想に満足して、妖艶な笑みを浮かべる。

「さあ、私と私の可愛い妹達を欺いたこと、後悔させて差し上げましょう」

準備はすでに整っている。

琳麗は瑛雪を連れ、ゆっくりと慧彩のいる蒼月宮《そうげつきゅう》へと向かった。

慧彩は自ら舞台に立とうとする性格ではない。押しかけたところで、今度こそ会おうとしないかもしれない。

だから、琳麗は嘘という単純な罠を放った。

使いの者に「今すぐに慧彩様のお力を借りたい」とだけ伝えさせたのだ。

琳麗が市井に出て、化粧箱の件を自ら解決したことは、邵武と一緒だったので妃嬪《ひひん》は誰一人知らないことだった。

だから、慧彩は助けを求められ、琳麗が化粧箱の件でまだ動揺していると思ったはずだ。

ただ、風蓮の体調が戻ったことがすぐに伝わると警戒されるかもしれないので、急ぐ必要がある。

案の定、縋《すが》ってきたと思い込んでいる慧彩は琳麗と会うことを望んだ。

後宮一番の悪女を取り込んで、卜占で自由自在に動かせるという誘惑には勝てなかったのだろう。

前回と同じく、瑛雪を置いて一人で慧彩のいる房間へと入る。

「ようこそいらっしゃいました、琳麗様。さぞ大変でしたでしょう。さっそく私が今来から視《み》て……」

慧彩の卓の前にはすでに金占盤が置かれていて、口調も流暢《りゅうちょう》だったけれど、琳麗の顔つきを見て、言葉を飲み込んだ。

自信に満ちた悪女顔で、すぐ自分が騙《だま》されたことを理解したのだろう。

「嘘をついたのですね？」

「卜占でそれも見抜けると思っていたのですが。今朝『狭来、私は騙される』とは出ませんでした？」

鋭い視線がぶつかり合う。

「自らを視ることはできません」

「それはいいことを聞きましたわ。あぁ、よかったのは貴女のほうですね。これからの末路をお知りにならなくて」

口角だけを上げて、ふふっと妖艶に笑うと、勝手に椅子へと腰掛けた。

「賢妃《けんひ》様こそ、ご実家の化粧箱の方は大丈夫でしたか？」

主導権を握られたままではまずいと思ったのか、慧彩が先手に出る。

「それが解決していなければ、嘘などついて貴女に会いには来ませんよ」

琳麗は攻撃を難なく躱《かわ》した。焦っている時点で自分の敵ではない。

相手が態勢を直す前に、今度はこちらから攻める。

「化粧箱の件は、貴女が裏で糸を引いていたのでしょう？」

「一体、何を根拠にですか？」

問い詰められるのは想定していたのだろう。

それはもちろん、琳麗も同じだった。

胸元から一枚の木簡を出して、慧彩の前にバンと置く。

「……っ！」

一瞬、慧彩が動揺して震えたのがわかった。

琳麗はにやりとして続けた。

「それは妃嬪の一人が持っていたものです。ある方の使いに手渡されたそうで」

「くっ……」

今や慧彩は琳麗の手のひらの上、その心が手に取るようにわかった。

あれほど書き残すなと言ったはずなのに、と侍女を恨んでいる。

「慧彩様のお言葉を一語一句間違えないように記した、忠実な侍女をあまりお責めになりませんように」

「何のことかわかりません。その木簡も私には覚えのないものです」

再度、突きつけるとやっと焦った慧彩が我に返り、表情を消してとぼけた。

後宮一番の悪女を相手にしているのだから、それぐらいはしてもらわないとつまらない。

「では、慧彩様が思い出すように読んで差し上げます」

琳麗の突きだした木簡は、必要のなくなったものを削って、覚え書きとして侍女が再び使ったものだった。

ゆっくりと、大きな声で書かれた文字を読んでいく。

「狭来、箱に気をつけよ。身体《からだ》害為《な》す恐れあり」

それは風蓮がかぶれたという嘘《うそ》をつく前日に、慧彩の使いから聞かされたという予言の内容と同じものだ。

あの後すぐに、同様の予言を受けた者がいないか梓蘭《しらん》の助けも借りて後宮内を探すと、すぐに何人もの証言を得た。

そして、そのうちの一人がこの木簡を渡されたと言って、持ってきたのだ。

「妃嬪が箱といえば、化粧道具、身体に害為すと言われれば、かぶれると考えるのが自然でしょう」

そして、今の後宮では琳麗が積極的に広めたこともあって、皇家《こうけ》の化粧箱が大多数を占めている。

「若く、多感な妃嬪達は、たとえ卜占を気にしなくても、引っ張られるものです」

風蓮が良い例だ。

彼女は一度琳麗の悪評で騙されていたので、伝えられた卜占を信じなかったどころか、忘れていた。

けれど、心の奥底には残る。

皇家のを真似た紀家《きけ》の化粧箱を見て、予言が思い出され、蝶花への嫉妬と合わさり、かぶれたという嘘をついた。

「けれど、まさか私の身近にいる風蓮が、皇家ではなく、紀家の化粧箱で、しかも嘘をついてかぶれたと言うとは思わなかったのでしょう？　詰めが甘かったですわね」

真相はこうだ。

慧彩は、琳麗と初めに会う少し前から『狭来、箱に気をつけよ。身体害為す恐れあり』という予言を、日を変え、人を変え、後宮にばらまいていた。

それは実のところ、後宮の多数の妃嬪に対して、化粧でかぶれるという暗示をじわじわと仕掛けていたのだ。

人の思い込みとは恐ろしいもので、自分の力にもなれば、害にもなる。本当は何の害もない化粧品なのに、肌をかぶれさせてしまうぐらいはできる。

こうして、粗悪品騒ぎを起こし、琳麗の化粧箱の評判を落とす企《たくら》みだったのだろう。

しかし、図らずもかぶれたと声を上げたのは風蓮だった。しかも、嘘や紀家の化粧箱が絡んで、慧彩が狙っていたのとはまったく違う形になってしまう。

暴いてみれば、お粗末にもほどがあった。

「こ、根拠は……」

金占盤の前なのに、慧彩の言葉数が少なくなっていく。

「この木簡を宦官《かんがん》に渡して、貴女様《あなたさま》の侍女を調べてもらえば誰が絵図を描いたのかすぐにわかるでしょう」

途端に木簡へと慧彩が手を伸ばそうとする。

「往生際の悪い！」

「っ……！」

寸前で、琳麗はそれをパッと引いてかわす。

慧彩の手が力なく、崩れ落ちる。

「観念されまして？」

相手から戦意が感じられない。完全に落ちたようだ。

木簡を胸元にしまうと、項垂《うなだ》れている慧彩に琳麗は問い掛けた。

「なぜこんな回りくどいことを？　寵姫《ちょうき》争いをしたいのなら、堂々と他の四夫人と競い合えばいいのに。貴女のお母様はそうだったのでしょう？」

彼女のことで、わからないことが一つだけあった。

慧彩が後宮争いに興味がないのは、表に出てこないことからも明白だ。琳麗を蹴落としたところで、一体何の得があるというのだろう。

「貴女に何がわかるのですか？　私と、お母様のことが！」

すると、琳麗の言葉に慧彩がいきなり顔を上げて、きっと睨《にら》みつけてきた。

彼女が初めて見せた怒りの、強い感情だった。

それでも今日の琳麗は余裕の微笑《ほほえ》みを崩さない。

「知らないわ。だって私は貴女でも、貴女のお母様でもないもの」

「だったら、教えてあげる。私とお母様が受けてきた仕打ちを」

恨みの籠った声で、慧彩が話し始めた。

慧彩の母は卜占の腕だけでなく、優しく器量の良い女性だったらしい。しかし、皇帝の子を産めず、寵姫争いには敗れてしまう。

そこまでは後宮によくある話だ。

邵武が次の皇帝となることを予言した慧彩の母は、子を生《な》すことを諦め、後宮を去ることを願いでる。

けれど、当時の皇帝はそれを許さないばかりか、彼女を蒼月宮の房へと閉じ込め、幽閉してしまった。

よく当たると評判の卜占を国のためだけにさせるためだ。

後宮から出ることが認められたのは、皇帝が交代してからで、慧彩の母が実家に戻る頃には心を壊しかけ、ひどい有様《ありさま》だったという。

それでも何とか愛する夫に出会い、子にも何とか恵まれた。

けれど、また環家《かんけ》に不幸が降りかかる。

生まれた娘慧彩の卜占の腕が見込まれ、再び後宮に差し出すように命じられたのだ。四夫人の貴妃という地位を約束されはしたけれど、実質母と同じ幽閉であり、環家は当時の皇帝を心底憎んだ。

そんな境遇の慧彩は、幼い頃から恨み事を聞かされて育つ。

後宮に囚われ続けた不幸な卜占の家系の妃嬪、それが彼女の本当の姿だった。

「これを聞いてもまだ、貴女は外に出て私に寵姫争いをしろというの？」

「……ええ、少なくとも外には出るべきね」

一瞬考えてから、琳麗は頷《うなず》いた。

「私の話を聞いていなかったの？」

「きちんと聞いていたわ。聞いた上で答えたわよ」

琳麗は表情を変えなかった。

「貴女は不幸だとは思う。後宮に囚われ、環家に囚われ、自由がない。けれどやっぱり思うの、房間に籠らずにいればよかったと」

慧彩が唖然《あぜん》として、琳麗を見る。

「どんな言い訳をしても、結局、歩いているのは自分の足でだもの。今いる場所が嫌ならば、そこから外れて歩き出せばよい」

「そんなこと――」

「私はそうしてきたわ」

できるわけがない、と言う慧彩の言葉を遮った。

慧彩の背負ってきたものと比べれば小さいけれど、ぼんやり顔だと暗に罵られ、俯《うつむ》いたまま歩いていたら、今の自分はなかっただろう。

前にある道が気に入らなければ、蹴ってでも違う方に進むべきだ。

自分のやりたいようにやる。それは後宮の外でも中でも変わらない。

「貴女のように私は強くない」

「私だって、初めからこうだったわけではないわ」

それこそ最初は俯き、背中を丸めてばかりいた。

化粧がそれを変えてくれた。慧彩にだって同じように卜占がある。

だから「貴女も」と言おうとしたのだけれど、慧彩は首を横に振っていた。

「もう遅い。私は、終わり……」

「今回の件なら、別にたいした罪には——」

言いかけて、琳麗はハッとした。

(狙いは私ではなくて、他の者!?)

慧彩が、いや、環家が恨んでいたのは、当時の皇帝だと言っていた。

琳麗には何の関係も、恨みもない。

前皇帝はすでにおらず、その時に関係する者で残っているのは——。

「皇太后様!」

琳麗の言葉に慧彩は何も言わなかったけれど、間違いない。

最初から慧彩と環家の狙いは皇太后で、琳麗の件は後宮を騒がせて、その日まで本当の狙いを逸《そ》らすためだった。

「知っている? 陛下は時折、市井に出ておられることを」

「なぜ、貴女がそれを……」

琳麗も外に出たことで知られたのかと思ったけれど、違う。

時折と言った。以前から知っていた口ぶりだ。

「まさか！　そこに忍び込ませて？」

護衛は庶民の格好をしているから、中から手引きをすれば、一人二人を引き込むこともできなくはない。

何年も前から企んだ、用意周到な策だった。

「すぐに陛下に伝えて警護の者を――」

「遅いわ。もう、環家の者が積年の恨みを晴らすために皇太后の周囲を取り囲んでいるでしょう。今頃、命はないかもね」

何と馬鹿なことをしようとしているのだろう。

昔の恨みを晴らしたとしても、環家は取り壊し、かかわった者はすべて斬首を免れないだろう。

後ろばかり見て、前に進むのを止めることに一体何の意味があるというのだろう。

そもそも皇太后が当時のことにかかわったとは、琳麗には到底思えなかった。

でなければ、慧彩をもっと遠ざけていたはずだ。四夫人を指名する宴《うたげ》でも、あれほど親しく話し掛けたりはしない。

それにしても……。

「まるで他人事《ひとごと》のようね」

「私は……疲れたわ。恨み言を聞かされ、一族のいいなりはもううんざり」

心底、悲しげな慧彩の顔だった。

この件で一番犠牲になったのは彼女なのだ。ここへ乗り込む前は己の罪を認めさせようと思っていたけれど、そんな気はまったく失《う》せてしまう。

だから、琳麗は彼女に背を向けた。

「皇太后のところへ行くつもり？　なぜ？」

「知っているのに放っておいたら夢見が悪いでしょ？」

慧彩はそんなことで、と言いたげだろう。

「行かない方が良《い》いわ。〝暁の宮にて賢き女が刃に倒れる〟と卜占で出たの。貴女のことに違いないし、これは嘘《うそ》の予言でもない」

言わなければまとめて始末できる絶好の機会なのに、どのような心境の変化なのか、慧彩が止める。

けれど、琳麗は振り向かなかった。

「死ぬのよ？　なのにどうして？」

「言ったでしょう。私は私の思うようにする。それで死ぬなら本望よ」

もう慧彩は止めようとしない。

「貴女が、羨ましい……」

微《かす》かに慧彩からこぼれた言葉は聞こえなかったふりをして、琳麗は走り出した。

まず琳麗がしたのは房間の前で待たされていた瑛雪の説得だ。

身を案じる彼女に、暁羅殿《きょうらでん》の前で落ち合うことを条件に邵武に兵を連れてくるよう伝える役を命じる。

約束通り、様子を窺《うかが》うためだけに、琳麗は皇太后のいるであろう暁羅殿に向かったのだけれど……。

「誰もいない」

門の前まで来た琳麗は、いつもと違うことにすぐ気づいた。

暁羅殿も、四夫人が治める各宮も、大まかには同じ作りをしている。門を入ると中央に庭があり、その周囲を房間が囲んでいた。

そして、門の前には必ず侍女や宦官が見張りをしている。誰かが忍び込まないようにと、上位の妃嬪《ひひん》への取り次ぎのためだ。

しかし、今、暁羅殿の門の前は静かで誰の姿もない。

（もう事は起きてしまったということ？）

門番は眠らされたか、または殺されてしまったか。

環家が恨んでいるのは当時の者だけなので、願わくは前者であることを祈る。

「誰かいませんか？」

琳麗は一応、龍が円環をくわえた形をした門環で門を叩《たた》いてみる。

やはり中から反応がない。

今度はそっと扉を押してみる。すると、閂《かんぬき》がされておらず、門は難なく動いてしまった。

暗殺者がすでに中へと入り込んでいるに違いない。

状況はとても悪かった。

「あぁ……もうっ！」

後ろを見たけれど、人が来る気配はまだない。

助けを呼びに行った瑛雪とは暁羅殿の門の前で落ち合うという約束だったけれど、迷った末に琳麗はえいっと思い切り門を奥へと押しやった。

このままだと手遅れになるかもしれない。

「私のいる後宮で皇太后様が暗殺されるなんて、そんな面倒なことさせない！」

琳麗は覚悟を決めると、堂々と暁羅殿へと入った。

幸い、皇太后に一度呼ばれたので道案内は必要ない。迷うことなく中庭を進んでいく。

暁羅殿には人の気配がなく、侍女の姿もなかった。

「今のは……剣戟《けんげき》⁉」

皇太后の房間がある建物の前まで行くと、微かな剣戟が聞こえた。暁羅殿が静まり返っているので何とか分かる。

琳麗はそれでも焦らず、音のする方へと向かう。

そして、やっと人の気配がする房間を見つけた。

それは琳麗が皇太后と面会したあの場所だ。逃げられないようにするためか、戸が閉じているが間違いない。

「……！」

琳麗は迷うことなく、勢いよくバンと戸を蹴り開けた。

中にいた者達の動きが止まり、一斉に乱入してきた悪女を見る。

房間の奥の壁際には、果敢にも剣を手に応戦する皇太后の姿があった。その周囲を黒い服に身を包んだ賊が十人ほど取り囲んでいる。

彼らが環家の暗殺者だろう。

皇太后がしたのか、卓や棚は倒され、床には書簡や木簡が散らばっており足場が悪い。

琳麗は転ばないように床へ目を走らせ、蓉羅《ようら》を最短で庇《かば》える距離を頭の中で計算した。

(よかった！　皇太后様は……ご無事だ)

危機ではあるが、蓉羅が怪我《けが》をしている様子はなかった。

「お退《ど》きなさい！」

鋭い視線で、気合と共に命じると琳麗の前にいた賊が反射的に距離を取る。

「……！」

賊が斬りかかろうとした瞬間、琳麗は素早く目力で牽制《けんせい》する。すると、頃合いを失い、賊は一瞬だけ動けなくなる。

そうやって二人の暗殺者の間は通れたが、相手は手練《てだ》れであり、すぐに状況に慣れた新しい敵が琳麗の行く手を阻んだ。

ヒュッと風を切る音がして、琳麗は身を引いて避けた。

寸前でかわしたのは暗殺者の短刀で、琳麗の黒い髪をかすめたのかパラリと幾本かが床へ落ちる。

(危なっ……)

一撃を辛《かろ》うじてかわしても、連携の取れた彼らから間髪を容《い》れずに次の刃が襲ってきた。

琳麗はそれをグンッと屈《かが》んで避けて、襦裙《じゅくん》の袖から取り出した紅入れを投げる。

手になじむ慣れた重さは、操作自在であり、暗殺者の一人の額にキンッと命中した。

何が飛んできたのかわからず、頭を押さえた刺客の横を通り抜ける。

（ごめん！　あとで拾って、もっといい容器に入れてあげるから）

頭の中で投げた紅に謝りながら、琳麗は皇太后の元に素早くたどり着いた。

「皇太后様――」

馳《は》せ参じました、と言おうとしたのだけれど、それより先に皇太后が声を上げる。

「まさか、そなたが黒幕か！」

「……違います。私の活躍を見てくださってましたよね」

一瞬、自分でも考えてしまった。

確かに悪女のような登場の仕方は敵の親玉にしか見えない。

「冗談だ。そなたを疑ってはおらぬ、おおかたどこぞの家のつまらん逆恨みであろう」

「その通りです」

ふっと笑い合う。

皇太后は後宮で寵姫《ちょうき》争いをしてきただけあり、女傑と呼ぶに相応《ふさわ》しく肝が据わっている。

賊達は挑発されてもなお、二人に気圧《けお》され、動けない。

「しかし、一人で来たのか？　得物も持たずに」

一人で乗り込むつもりではなかったので、琳麗の手には何の武器もなかった。

途中でいつものように棒を調達するべきだったと後悔するも遅い。

「時を稼ぐため、何か貸して頂けると助かるのですが」

「確かこの辺りか」

皇太后が床を強く踏むと、床板が跳ね上がり、裏には剣が二本収まっていた。

襲撃を想定してのことなのだろうけれど、武闘派過ぎる隠し方だ。

「ではお借りします」

槍《やり》や長刀《なぎなた》の方が得意なのだけれど、贅沢《ぜいたく》は言ってられないし、房間は狭いのでむしろ剣の方がいいだろう。

「心得はあるのだろうな？」

「嗜《たしな》む程度ですが」

琳麗は剣を左右に二本手に取った。

「二刀？　妃嬪の細腕で振り回せるわけがない」

やっと我に返った賊の一人が、琳麗を見て声を上げる。

「それは並の妃嬪の話でしょう？」

「はったりだ。誰かが駆けつける前に妃嬪ともどもさっさとやれ！」

その声で、賊達が一斉に琳麗と皇太后に襲いかかる。

彼らの得物は短刀だ。

半数が琳麗達に向かって投げつけ、もう半数が斬りかかってきた。

「はっ！」

琳麗は身体《からだ》をよじりながら、剣を縦に振った。

投げられた短刀は打ち落とされるか、当たることなく壁に突き刺さる。これぐらいは誰でもできる。

投げたのは気を逸《そ》らすためで、本命はその後に斬りかかってくる方だ。

「やっ！　はあっ！」

二人同時に斬りかかられるも、それらを二本の剣で跳ね返す。

琳麗は剣を力で振らずに、剣自体の重みを利用する剣舞のようなものだった。だから左右に二本必要で、一本であれば身体が一方に持って行かれて成り立たない。

速く、そして重さが乗った剣戟に、賊は堪《たま》らず短刀をはじき飛ばされてしまう。

「それが嗜む程度か」

呆《あき》れたような皇太后の声が聞こえてくる。

「そのお言葉、そのままお返しします」

琳麗が惹《ひ》きつけた分、人数が少ないものの、皇太后も見事に賊の剣を受け止めていた。

「その武勇、胆力、まるで若い頃の私を見るようだ。いっそ皇后——」

「やめてください！」

言われる前に皇太后の言葉を否定する。

「く、くそっ……」

二人の余裕たっぷりの会話に、賊が焦《じ》らされ、斬りかかれないでいる。

けれど、実のところ追い詰められているのは琳麗達の方だった。

（まだ来ないの、陛下達は）

正直なところ、狭い房間でそれなりに手練れだろう賊を十人も相手にするのは厳しい。

それは皇太后もわかっているだろう。だから、このような状況で話しかけ、賊を混乱させて時を稼ごうとしているのだ。

「妃嬪の方はいい。何としても皇太后をやれ！　全員で剣を投げろ！」

賊達が一斉に皇太后の方を向く。

（まずい、割って入らないと）

今まで持ちこたえていたとはいえ、全員に短刀を投げられては皇太后も無傷ではいられないかもしれない。

「無駄なことはおやめなさい！」

琳麗は精一杯威嚇しながら、賊と皇太后との間に飛び込んだ。

「っ！」

剣を振り、短刀を数本打ち落とすことができるも、一本が腿《もも》をかすっていく。

傷は深くないものの痛みが走り、血が伝うのがわかった。

「大丈夫か、琳麗」

「お気になさらず、ただのかすり傷です！」

皇太后の声に答えながら、琳麗は襲ってくる賊達に向かって懸命に剣を振り続けた。

（まずい、動きが）

剣の重みに身を任せる剣技で重要なのは腕ではなく、踏ん張る必要がある足だ。

足に痛みを感じると、それが鈍ってしまう。

二人ほどなら問題ないけれど、賊は代わる代わる斬りかかってくる。

痛みが鈍くなってくるけれど、代わりに痺《しび》れて、感じなくなってきた。

（皇太后様に交代して、とはさすがに言えないわよね！）

「くっ……」

徐々に追い詰められ、そして、ついには体勢を崩し、床に倒れてしまった。

「妃嬪《ひひん》とは思えない剣だったが、残念だったな。かかわらなければよかったものを」

賊が琳麗を見下ろし、命を絶つ剣を振り下ろそうとしている。


『暁の宮にて賢き女が刃に倒れる』


慧彩に教えられた言葉がふと浮かぶ。

(諦めない!)

それでも琳麗は死を覚悟するのではなく、カッと目を見開き、剣を受け止めようと腕を上げようとした。

たとえ、押し負け、そのまま賊の刃に倒れようとも。

「がはっ……」

しかし、血を吐いたのは琳麗ではなく、目の前の賊の方だった。

倒れた背中には、心の臓目掛けて見事に短刀が突き刺さっている。

「大丈夫か、琳麗! 母上!」

邵武が駆けつけ、間一髪のところで賊を倒してくれたのだ。

賊達を牽制しながら、琳麗のところへ駆けつける。

（陛下が……来て、くれた……？）

不思議なことに、こんな状況なのに安堵《あんど》してしまう。

「一人で助けに入るなんて、無茶が過ぎるぞ」

琳麗がたいした怪我でないと知ると、邵武が安心したようにそう苦言を口にする。

その小言のような口調が妙に頼もしい。

「威勢がいいのは結構だが、こんな時ぐらい俺に守られておけ」

「はい……」

差し出された彼の手を借りて、立ち上がる。

頬が少し熱くなったのは、危機で気が弱っていたせいだろう。

だいたい、皇帝が来たところで的が増えただけなのだ。大勢連れて来てくれなければ、意味がない。

「陛下も、お一人のようですが？」

てっきり護衛用の宦官《かんがん》を山ほど連れて来ているのかと思ったけれど、邵武の背後にその姿はなかった。

「暁羅殿に潜む賊を探させている。すぐここへ来る」

などと言ってはいるが、皇帝を一人にするはずがない。

準備ができるのを待ちきれず、止める玉樹《ぎょくじゅ》を振り払い、一人で来たのだろう。お互い様なので文句は言えない。

今頃は玉樹達が必死に追いかけてきているはずだ。

「陛下が……」

皇帝の登場に賊達が動揺している。

「こうなっては陛下にも責任をとってもらうしかあるまい」

しかし、長《おさ》らしき者の言葉で賊達が覚悟を決めてしまう。

「琳麗、一人任せてもいいか？」

「一人と言わず、二人でも、三人でも」

「ならば、後ろは任せた」

邵武に戦うところを見せたことはないはずなのに、彼はすぐに背中を預けてきた。

頷《うなず》くと、利き腕ではない方の剣を捨て、一刀になる。

二人で戦うなら、二刀は必要ないし、邪魔なだけだ。

「感謝しろ、賊よ。この俺自らが成敗してやろう」

邵武の剣の腕は見たことがなかったけれど、いざという時のために鍛錬は欠かさないのだろう。その構えに隙がない。

「やれっ！」

賊達が一斉に斬りかかるが、邵武は自ら手にした剣で受け止め、次々に相手の腕や足を切り裂いていく。

すぐに三人、四人と賊達が腕を押さえながら床へと崩れ落ちた。

その間、琳麗はたった一人を相手にすればよく、苦労することなく撃退する。

「陛下！　陛下と皇太后様をお守りしろ！」

そこでやっと玉樹達が姿を現《あら》わし、房間へとなだれ込んできた。

賊達はたいした抵抗もできずに次々捕まっていく。

「まったくお二人とも無茶ばかりしないでください」

琳麗と邵武のところへやってきた玉樹がさっそく小言を口にする。

「貴方《あなた》達が遅いのが悪いのです」

琳麗が言い返すと、痛いところをつかれた玉樹は口を噤《つぐ》んだ。

「何にせよ、母上も、琳麗も無事でよかった」

「ええ、何とか間に合……えっ？」

急に意識が遠のき、力が抜けていく。

まるで自分の身体ではないかのように、床へと倒れ込んだ。

(さっき受けた……刃に……何か……)

「琳麗! 琳麗、しっかりしろ! 琳麗!」

必死に呼び掛ける邵武の顔が、琳麗が覚えている今際《いまわ》の光景だった。

七章　毒牙と優しい看病

琳麗《りんれい》は混濁した意識の中にいた。

己の身体《からだ》が地に倒れているのか、宙に浮かんでいるのかもわからない。

ただ、燃えるように熱くなったり、氷のように冷たくなったりして、息をする方法を幾度も忘れそうになった。

琳麗の身体の中は、荒れた海に浮かぶ小舟のようにグルグルと回っていて忙しいのに、遠くも騒がしい。

嵐の音ではない、人の声が飛び交っている。小舟には他の者も乗っているのだろうか。

立ち向かえないほどの大波に呑《の》まれまいとした、諦めない響きを含んだ怒号だ。

「琳麗！　目を開けてくれ」

「ああ、琳麗様。きっと助かります！」

聞き覚えのある声は、邵武《しょうぶ》と瑛雪《えいせつ》だ。また命令か小言か、こんな時化《しけ》た海に漕《こ》ぎだしている時ぐらい静かにしてほしいのに。

「……うぅ……うるさ………」

喉がカラカラで上手《うま》く声が出なかったが、琳麗は呻《うめ》いた。

「っ……！　気づいたのか琳麗！　そうだ、そのまま気を強く持て」

「琳麗様……ああ、ご無理はなさらずに。でも、必ず回復してくださると、瑛雪は信じております」

苦情を申し立てただけなのに、驚きと安堵が混ざった声が大真面目に返ってくる。

それにしても、気を強くだの回復だの要望が多い。

嵐に遭った小舟の上で、琳麗は忙しいのに。

「……んっ、小舟……？」

琳麗は自分が目を開けていないことに気づいて、睫毛《まつげ》を感じながらゆっくりとひらいた。

途端に眩《まばゆ》い光が飛び込んでくる。

「おお、賢妃《けんひ》様が目をお開けになりました」

見たことがない髭《ひげ》のある小柄な老人の顔は、衣からすると高位な医官のようだ。

その横には、目の下に隈《くま》を作った邵武がいて、顔はやつれているのに瞳の輝きは喜びに満ちていて不可解だった。

「……陛下？」

「俺がわかるか、琳麗。もう大丈夫だ、解毒は上手くいった……よかった」

まだ明るさに慣れずに目が眩《くら》んでいるのか、邵武の黒い瞳が潤み、目尻が濡《ぬ》れているようにも見える。

「私は刃を受けて……」

解毒？　琳麗の脳裏に、記憶が鮮明に戻ってきた。嵐の海にいたと感じていたのは錯覚で、身体が毒と戦っていたのだ。

慧彩《すいさい》の蒼月宮《そうげつきゅう》を訪ねて、皇太后が危ないと暁羅殿《きょうらでん》へ行き、賊の刃が腿《もも》を掠《さら》った。

その後、邵武が助けに来てくれて一緒に賊を撃退したのだけれど……。

（思い出せない）

覚えていたのはそこまで。その後、刃に塗ってあった毒で意識を失ったらしい。

「陛下、助けてくださりありがとうございました」

「何を言う、琳麗は母上を守ってくれたではないか」

目に力が入らないのは、寝込んでいたせいか、化粧が落とされているせいか、恐らくはどちらもだろう。

肌には何ものっていない感覚があり、たぶん雀斑顔《そばかすがお》だ。

治療のためだろうか、身体は知らない簡素な襦袢《じゅばん》に包まれていた。

寝台で眠っていたようだが、天井は朱花宮《しゅかきゅう》の房間《へや》ではない。

「皇太后様はご無事ですか？」

琳麗は一番気がかりなことを尋ねた。

「ピンピンしている。琳麗が目を覚ましたと教えたら、飛んでくるだろう」

「……それは……もう少し後で、私がしゃんと身支度できてからに……してください」

少し喋《しゃべ》っただけなのに、琳麗はどっと疲れを感じ、再び目を閉じる。

「何も考えずに眠れ、ずっと俺がついている」

「……暑苦しいのは……また今度にしてください」

邵武が前のめりな感じだったので釘《くぎ》をさしたのに、邵武の気配は寝台の横に張り付いている。

「ああ、いつもの琳麗だ。減らず口が叩《たた》けるなら安心だ……」

心底からホッとしたような邵武の声音は大袈裟《おおげさ》だ。

これは、ぼんやり顔の愛好家に加えて、病人の看病好き性質にも目覚めたのだろうか。

体が疲れているのに、ずっと寝込んでいたせいか、なかなか眠くならない。しかし目を開ける気力すらなく、琳麗はただ体を横たえた。

何も考えるなと言われても、邵武に傍にいられると気配だけで意識が持っていかれる。

安心してくれたのなら、一人で静かに寝かせてくれないものか。

そうしていると、琳麗の手がそっと握られた。位置からすると邵武に間違いない。

「……無茶をしてくれるな……お前が死んだら俺はどうしたらいいんだ」

一度、目と口を閉じたら、再び開けて言い返す力もなくて、琳麗は心の中で突っ込む。

(私一人いなくなっても、後宮はあんまり変わらないと思いますよ?)

琳麗の化粧箱を引き継ぐ者がまだいないけれど、蝶花《ちょうか》あたりがきっと上手くやってくれるだろう。

多少減ったところで、まだ数多くの妃嬪《ひひん》や侍女や宮女がいる。

「目覚めて……よかった、琳麗……」

琳麗が動けないのをいいことに、邵武が手の甲を優しくさすってきた。

不埒《ふらち》な触り方の一歩手前だ。

「琳麗がいなくなることを考えたら……気が気ではなかった。なぜ、もっと刹那ごとに大切に向き合わなかったのか後悔した」

(……愛玩動物に逃げられたみたいな言い方です)

何やら酷《ひど》く気落ちして、心乱れたらしい。琳麗が体の内で嵐を味わっていたのなら、邵武は心の中が嵐で、やっと過ぎ去ったような仰々しい言い振りだ。

「俺はお前を間違いなく好いている。無くしたくない……それは、琳麗らしさも含めてだ。後宮に閉じ込めて翼を折りたくない。しかし、今の琳麗に傍にいて欲しいんだ」

両立できないことを、ずらずらと言ってのける邵武は疲れているようである。

琳麗のほうが死の縁から生還して疲れているのに。

少し黙って欲しかったので、彼の手をそっと握り返した。すると邵武がやっと黙る。

「ふっ……そうか琳麗……わかってくれるか」

(いえ、黙らせようとしただけです……けど……)

その刹那に、眩暈《めまい》のような疲労感が襲ってきて、意識は途切れた。

瑛雪の手を借りて体を起こせるようになった琳麗は、日に日に体が元気になっていくのを感じた。

朦朧《もうろう》としていたのは、毒を受けて三日後のことで、それまでの琳麗は昏睡《こんすい》状態だったらしい。

さらに二日経《た》った五日目の今は、もう食事も粥《かゆ》なら取れるようになった。

琳麗が治療のために運ばれたのは、夜伽《よとぎ》のための邵武の寝室であり、今もまだ琳麗はそこで病人生活を強いられている。

「一日中、寝所にいるなんて気が滅入《めい》ってしまうわ。瑛雪、そろそろ朱花宮へ戻りたいのだけど」

「はい、わたしもそう陛下にお願いしているのですが、まだ賊の残党がいるかもしれない、ここが一番安全だから……と許可が下りません」

すでに外は夜であった。

寝所にいては、運ばせた化粧箱をいじるか、食事ぐらいしか楽しみがない。

自堕落すぎる生活に罪悪感も出てきている。生産性のないことも大事だけれど、癒《いや》しが過ぎれば焦りもあった。

「妃嬪一人にそんなに入れ込んでもらう必要ないのに、こんなぼんやり顔が独占しては申し訳ないです」

完全に回復するまで、化粧はしないでいることを医官に約束させられたため、琳麗は雀斑顔のままである。

襦裙《じゅくん》も体を締め付けすぎないものだけを着ているし、どう見てもただの町人であった。

「ぱぱっと荷物をまとめて、朱花宮へ帰っちゃいましょう」

「琳麗様、今……本音を申されますと……」

気まずそうに言った瑛雪の背後から、邵武が夕餉《ゆうげ》の膳を持って入って来る。

「駄目だ！　まだ、後宮内をうろつかせるわけにはいかない。お前は危ないところへ、平気で首を突っ込むからな」

「陛下！」

琳麗が姿勢を正して礼をしようとしたのを、邵武に止められてしまう。

「ここから出たければ、たらふく食って、元気になれ」

ずいっと差し出された膳には、粥と果物しかない。

（まだ、お粥ですか……）

毎晩せっせと通って世話を焼いてくる邵武は、融通が利かなくて困る。

医官は柔らかく消化の良いものならもういいと言っているのに、彼の思考ではすべてが粥と果物に置き換わるようだ。

揚げ物は無理でも羊肉とか海老《えび》ぐらいは食べたい。今の粥は青菜に鶏むね肉がささやかに散らしてあるだけである。

「瑛雪、琳麗は変わりなかったか？」

琳麗が諦めて寝台に座り、病人らしく夕餉を食べ始めると、日課のように近くで申し送りが行われていく。

「はい、退屈そうにしていらっしゃいますがお変わりなくお元気です。あの……そろそろ、気晴らしが必要かと思います」

「わかった。瑛雪、下がっていい。あとの今夜の世話は俺が引き継ぐ」

せっかく意見してくれたのに、邵武はつれなく瑛雪を手で追い払ってしまう。

琳麗が呆《あき》れて粥を食べる手を止めると、邵武が目ざとくそれに気づく。

「食欲がないのか？　食べなければ治らんぞ」

「いや、世話が重たくて手を止めていただけです。あと、そろそろ肉や魚が食べたい気がするのですが……」

「ここに、鶏がのっている。のどに詰まらせないようによく噛《か》んで食べるように」

邵武が気づいているか？　と言った様子で、琳麗の粥を指差す。

琳麗がせめてもの抗議とばかりに怪訝《けげん》な目で邵武を見ると、粥と匙《さじ》を取り上げられた。

何を思ったのか、邵武が甲斐甲斐《かいがい》しく匙で粥を一口分だけすくいとり、差し出してくる。

「ほら、食べさせてやる。あーん」

「ちょっ……童《わらべ》ではありません！」

ずいっと差し出された匙には、青菜と鶏の欠片《かけら》もちゃんとのっていた。

皇帝に手ずからこんなことをされて、無視する不敬さは、すっぴんの琳麗が持ち合わせていないものだ。

「うぅ……」

琳麗が仕方なく邵武の匙から粥を食べると、彼の顔がぱあっと明るくなる。

「美味《うま》いか琳麗、よかったなー、どんどん食べろ」

「………」

この新しい看病愛好家の誕生にどう応えればいいのか、わからない。ぼんやり顔の愛好家のほうがマシだった。

……重たいけれど、心底からは悪い気がしないのが困る。琳麗が元気になるのを邵武が嬉《うれ》しそうに見守っていてくれるから。

それだけ、心配をかけてしまったということなのだろう。

「あのー、陛下。もうそろそろ、この生活にも飽きました。すっかり元気なので、自分の宮へ——」

「琳麗が暇だと思って、見舞いにこれを持ってきた」

さっと邵武が懐から取り出した袋には、白い中に虹色が輝く、貝や爪の形をした石が入っていた。

「これは、化石蛋白石《かせきオパール》！」

すべすべした表面を吸いつくように撫《な》でて、琳麗は歓声を上げてしまう。

それぞれ貝と動物の爪が、珪酸《けいさん》分と偶然に結びついた珍しい産物である。

砕いて粉にするよりも、飾って愛《め》でたい一品であるが、もし白粉《おしろい》に混ぜたなら光を調節する効果もありそうだ。

「また持ってくるから、今夜は休め」

邵武が琳麗のために皇帝の二人用の寝台を整え、枕もとに化石蛋白石を飾るように置く。

そして、自らは新しく運ばせた一人用の寝台で眠りにつくのだ。おかしいと言っても、取り合ってもらえない。

（また、今日も強引に留《とど》まらされた……）

どうやりあってもすっぴんでは負けるので、琳麗は大人しく眠りについた。

さらに五日経ち、十日目の夜である。

邵武は相変わらず、あの手この手で琳麗を宥《なだ》めて皇帝の寝所に留めて、毎夜通って来ている。

完全に回復していた琳麗は、今日こそは！　と、雀斑《そばかす》顔で寝台に正座した。

「明日から化粧をします！」

「……そうか、わかった」

邵武が以外にも簡単に納得してくれたので、琳麗は目を丸くしてしまう。

「ええと……いいのです……か？」

「後宮内の確認は終わったし、元気になったお前を閉じ込める気はないからな」

今日が看病で寝所を共にして十日目なのは、わざとなのか偶然か……？

琳麗は内心で首を傾《かし》げたけれど、聞かないことにした。

「あーと……じゃ、おやすみなさいませ！」

勢いをつけて、枕に頭を載せようとしたところで、筋肉質で熱っぽいなにかに乗りかけてしまう。

「って……えぇっ!?」

いつの間にか、邵武が自らの腕を琳麗の枕代わりにして、琳麗と同じ寝台に上がってきていたのだ。

「ちょっと、ああ、すみません！　陛下の寝台をお借りしていました。すぐに退《ど》きます」

「行かなくていい。最後の日の夜ぐらい、一緒に眠れ」

身を起こしかけた琳麗は、邵武の力強い手に押し留められてしまった。

彼は琳麗に横から軽く抱きつく形で、片手で腕枕をして反対の手で琳麗の肩を押さえているため、がっちりとされて動けない。

「あ、あのっ、色魔になるの禁止です……！」

上ずった声が反射的に出てしまうと、邵武がクックッと笑った。

「わかっている。病人だったお前に、いきなりそこまで強いたりしない。少し愛でるだけだ。看病とお預けを頑張った俺に、褒美をくれ」

（頼んでませんけど……）

そう思いつつも、邵武の願うような口ぶりに従ってもいいかな……と思えてしまう。

一生懸命な看病は琳麗を気遣ってのことだったのだから。

琳麗が抵抗しないのをいいことに、邵武が眠るために暗くした寝所のわずかな橙色《だいだいいろ》の燭台《しょくだい》の灯りに照らされた琳麗の頬にある雀斑を、親指で撫でた。

「これが……俺の好きなものだ」

「だから、そこの雀斑、消すのに苦労するやつなんです」

前にも見せていた雀斑への執着は、まだ健在のようだ。

「琳麗、今はそういう話ではない――」

急に腕枕が動いたかと思うと、邵武が琳麗へと覆いかぶさってくる。

「あっ、陛下……」

「口づけするだけだ」

ちゅっと音を立てて邵武が悪戯《いたずら》っぽく雀斑へ口づけた。

そして、ついでとばかりに琳麗の唇を、今度は熱っぽい唇で覆ってくる。

「んっ……んぅ……」

これまでのふざけた接吻《せっぷん》とは異なる、色気を含んだ口づけに、琳麗は自分の声ではないような切ない吐息が漏れてしまう。

精一杯の抵抗をしながらも、琳麗は邵武と唇だけ触れあった。

やがて琳麗が疲れて眠りにつく頃に、額が少しくすぐったく感じたが、睡魔で目が開かないのでそのままにする。

邵武が優しく前髪に触れているのだと感じた。

しばらくして、彼の手がそっと頭を撫でているのがわかり、その指先から温かいものが伝わってくる。

琳麗は心の底から安堵《あんど》して、眠りについた。

朝になり、琳麗は寝台で眠る邵武の横からするりと抜け出した。

雀斑顔のままでこんなに長く過ごしたのは、久しぶりである。

(看病で疲れていらっしゃるだろうから、起こさないようにしないと)

すっかり生活をする形になってしまっていた皇帝の寝所とも、今日でお別れだろう。

皇太后の蓉羅《ようら》からは、お礼の文と見舞いの品が毎日のように届いていた。

そして今朝は、十日経《た》ったので回復したのならば会いたいと……。

(十日……)

蓉羅が綴《つづ》った意味は、琳麗が目指していたことであったため、よくわかった。

『十夜連続、同じ妃嬪《ひひん》を皇帝の寝所に通わせたなら、そなたの願いを何でも一つだけ叶《かな》えてやろう！』

そう約束されて、琳麗は蓉羅に付いたのだ。

皇帝の寝所で看病されていただけの十日であったが、外から見れば共に夜を過ごしていたのは事実である。

きっと琳麗の願いは何でも一つ叶えられることだろう。

(私の、願いは……)

寝台の上の邵武とは衝立《ついたて》を挟んで、瑛雪の手を借りて湯あみを終え、謁見に相応《ふさわ》しい衣に着替えていく。

瑠璃色の襦裙《じゅくん》に眩《まばゆ》い菜の花色の帯を合わせ、飾り紐《ひも》は若竹色である。

寝込んでいたため、体はまだ本調子ではなく、華やかに結い上げた髪の簪《かんざし》が重たく感じられた。

それでも、鏡台の前に座り支度の仕上げに化粧箱を手にすると背筋が伸び、気持ちが高ぶる。

「琳麗、化粧をするなら見ていてもいいか?」

目覚めたのか、衝立の向こうから邵武の声がした。

「どうぞ、ご覧になってください」

瑛雪が衝立をずらしにいき、夜着のままで寝台に座った邵武が目に入る。そんな姿であるのに、どこかきちんとした彼は、真面目な顔を琳麗へと向けている。

琳麗は保湿の後に、容赦なく彼が愛でていた雀斑を白雲母入りの粘土でスッスッと消していく。

さらに白粉を重ねて、念入りに肌を陶器のように整えた。

吊《つ》り眉に、深い瞼影《アイシャドー》、雀斑ぼんやり顔の琳麗から、後宮一番の悪女の琳麗へ。

瞼《まぶた》の上の線を、息を止めてくっきりとひと筆で描くと、邵武が息を呑《の》むのがわかる。

「ああ、どちらの顔も琳麗なのだな」

感慨深そうに邵武が呟《つぶや》く。彼はこんな時になって、やっとしっかり女性の顔と向き合ってくれたようだ。

頬紅は顔色をよくするために、いつもより濃い色にして、琳麗は薔薇色《ばらいろ》の頬となる。

これは別に、邵武のせいで染まっているわけではない。たぶん……。

「皇太后様に呼ばれていますので、私はこれで。お世話になりました」

悪女のようなつれない言葉が、ぽんぽんと口から零《こぼ》れ出る。

それだけで、邵武は何かに気づいたようだった。

「……行ってしまうのか？」

琳麗は、紅筆をたっぷりと紅に浸していたところで、そのまま下唇へ、上唇へと含ませるように塗って三日月のような形の良い唇となる。

塗り終え、紅筆を唇から離して、琳麗は邵武を流し目で見た。艶《あで》やかな顔であった。

「私、容赦のない悪女ですから」

エピローグ　容赦のない悪女の決断

化粧顔の琳麗《りんれい》は、皇太后を訪ねていた。

暁羅殿《きょうらでん》の中にある奥まった私的な房間《へや》は、前にある約束をしたところと同じである。

「皐《こう》琳麗、馳《は》せ参《さん》じました」

「そなたが回復してよかった。立っていないで座るがいい」

大きな椅子に腰掛けていた蓉羅《ようら》が、琳麗へも椅子を手で勧めながら口を開く。

「ありがとうございます。皇太后様がご無事で何よりでございます」

琳麗は勧められるままに浅く腰掛け、背筋を正す。

「もう動いても平気なのか？　辛《つら》かったら遠慮なく伝えてほしい」

「ご安心ください。このとおり、すっかり元気になりました」

蓉羅に微笑《ほほえ》んで見せると、やっと皇太后はいつもの威厳を取り戻したようだ。

「ふぅ……今回のことは肝が冷えた。琳麗、助けてくれたことに礼を言う」

「もったいないお言葉にございます」

感謝や気配りは、これまでの文や見舞いの品を通しても伝わってきていた。

だから、この呼び出しには別の本題がある。

「さて、琳麗よ。そなたとの約束を私は守らねばならない。何でも皇帝はそなたを寝所に入れて十日間も夜を共にしたそうだな」

「看病で——が入りますが、概《おおむ》ねそのようにございます」

『十夜連続、同じ妃嬪を皇帝の寝所に通わせたなら、そなたの願いを何でも一つだけ叶えてやろう！』

以前に蓉羅がそう約束した言葉が、鮮明に蘇《よみがえ》ってくる。

琳麗の望みは、後宮から一日でも早く出ることだ。実家に戻って化粧箱の販売と制作に励みたかった。

「私がお相手となりましたことは遺憾ではございますが、陛下は間違いなく十日間お通いになられました」

胸に片手を当て、堂々とした様子で琳麗は言い切る。少しでも気を抜くとたどたどしくなってしまいそうだったから。

〝後宮のやり手悪女〟として、邵武《しょうぶ》へ妃嬪の斡旋《あっせん》をすることは失敗したけれど、命じられた通りのことについては、偶然とはいえ成功したのだ。

「なるほど、自らを餌にしたのか、なかなかの悪女だ」

可笑《おか》しそうに蓉羅が目を細める。

「ふふっ、何とでも仰《おっしゃ》ってください」

そうでなければ、琳麗のようなすっぴんが臆病な者は、後宮では生きられない。

「確かそなたの望みは後宮から出ることであったな」

「はい。以前の私の望みは、それしかありませんでしたが……ときに皇太后様、以前お贈りした皇家の三段重ねの化粧箱はいかがでしたでしょうか？」

琳麗はしれっと話題を別の方向へ導く。

「あれは実用的で面白い。見て、触れて、童心に返ったような心地になったと思えば、肌につけると良く伸びて、時間が経ってもくすみ知らずだ。私の今日の化粧も、そなたの化粧箱を使っている」

今日の蓉羅を見た時から、琳麗はそのことに気づいて、心の中で小躍りしていたのだ。

「恐悦至極に存じます。でしたら、一つだけ叶えていただける私の願いとして、三段重ねの化粧箱に皇太后様御用達《ごようたし》の肩書きをくださいませ」

琳麗はニコリと唇の左右を吊り上げて、ここ一番の笑みを作った。

驚いた顔をしたあとで、蓉羅が苦笑いをする。

「なんだ、そのようなことでいいのか。いくらでもやろう、好きに喧伝《けんでん》するがよい」

「ありがとうございます！　お墨付きをいただきましたわ」

見えない角度でやったと拳を作る琳麗の姿はバレバレで、蓉羅のさらなる興味を誘う。

「琳麗よ、なぜ望みを変えたのだ？　不敬を気にせず話すがいい」

蓉羅にまじまじと見つめられて、琳麗は胸を張った。

「たいしたことではありません。気の迷いとでも申しますでしょうか。このまま去るのは些《いささ》かばつが悪いといいますか、後味が悪いといいますか、貸しを返せていないといいますか。それに……」

琳麗は、にやりと悪い笑みを浮かべた。

「私が後宮にいながら商売のためにできることをすべてやってからでも、出るのは遅くはないかとふと思ったまでです。たとえば、皇帝陛下を利用するといった」

「ふ、ははは……とんだ悪女だ」

返した言葉に、蓉羅が堪え切れないといった様子で噴き出す。

また一年間、邵武から逃げ回ればいいだけの話なのだ。

妃嬪《ひひん》の友人もできたし、もっと化粧を後宮でも広めていくために、考え中のこともあるし、毎日が充実して忙しいのだ。

それに――もう少しなら、邵武を近くで見守ってもいいと思ったから。

「ああ、よく見れば、随分と可愛《かわい》げのある悪女であるな」

蓉羅の言葉に、琳麗は頬に手を当てながら我に返った。

気づけば琳麗は頬から力が抜けて、しまりのない顔をしていたようだ。

蓉羅の目ざといところに、邵武と親子なのだと感じる。

琳麗は、この手のひらの上で転がされる感覚を前にも味わったことがあるのに気づいた。


それから五日後のこと、琳麗は永寧宮《えいねいきゅう》の裏門近くにある木陰に立っていた。

午後の日差しではあったが、風が冷たく、襦裙がひらりと風に舞う。

やがて、琳麗の双眸《そうぼう》が捉えたのは、宦官《かんがん》二人に左右から挟まれ、俯《うつむ》いた顔で後宮を去る慧彩《すいさい》の姿であった。

今回の件にかかわった環家《かんけ》には、反逆の罪として重い罰が下った。

しかし慧彩だけは、蓉羅や琳麗が取りなしたこともあり、何とか極刑を免れ、都からの追放だけで済む。

助命を願い出たのは、彼女が反逆に協力したのは恨みを吹き込まれて育ったからであり、それが死に値するほどの罪とはどうしても思えなかったからだ。

(さようなら、慧彩様)

琳麗はやや離れた場所から見守っていた。

今まさに後宮を去ろうとしている彼女の姿は、一回り小さな少女のようにも見える。

頭覆い《ベール》は取り上げられたのか、首の後ろで束ねただけの藍色の髪が風に煽《あお》られて乱れていた。

地味な襦裙《じゅくん》は枇杷茶色《びわちゃ》で飾り気のないものだ。

きっと密《ひそ》やかに去りたいと思っているのだろう。

視線に気づいたのか、慧彩が足を止めて、首を弱々しく傾けてこちらを見た。

琳麗はそばで控えていた瑛雪《えいせつ》から三段重ねの化粧箱を受け取り、ズカズカと足早に慧彩へと近づく。

「賢妃《けんひ》様。こちらは罪人です、なりません」

「また害するかもしれませんので、危険です」

「少し話をするだけよ。陛下には話を通しているわ。貴方《あなた》達は邪魔です。門から追い出すだけじゃないの、私が蹴り出してあげる」

化粧をした強気な口調で、琳麗は宦官を門の方へと追い払った。

「琳麗様……折檻《せっかん》でしたら手短にお願いします。罵詈《ばり》雑言でしたら……ご自由に」

占術道具に触れていない時の陰気な慧彩である。しかし、前よりも少しだけ彼女から身軽さを感じた。

琳麗は目を細めて、慧彩へジトッと眼差《まなざ》しを落とす。

「この私を手玉に取った悪女の行く末を、見送ってやろうと思っただけよ」

慧彩の卜占《ぼくせん》には翻弄されっぱなしであった。

「あの……それは、見送りに来てくださったという意味合いでは」

首をかしげる慧彩の困惑した様子の中に、少しの嬉《うれ》しさが混ざっていることが感じとれて琳麗は偉そうに胸を張る。

「まあ、そうとも言うわ。ああ、しけた顔ね。荷物は送ったの？　売ったら儲《もう》かりそうな金占盤はどうしたの？」

慧彩は手ぶらである。

「金占盤は、もう……ありません。卜占ではなく呪いの道具だと……処分になりました」

「宝石玉に触っている時だけ生き生きとしていたのに残念ね。はい、じゃあこれ！　皇家が誇る三段重ねの化粧箱をあげるわ」

琳麗は慧彩の手に化粧箱をグイッと押し付けたが、支える手はない。

「……いりません」

「そう言わずに、貴方の大好きな石がたくさん入っているわよ。ねぇ！　これなら問題ないでしょう？　まさか化粧品を取り上げたりしないわよね」

後半は門で待つ宦官にも聞こえるように、琳麗はわざとらしく叫んだ。

「石……が？」

目をぱちぱちとさせて、慧彩が化粧箱を持った。琳麗の手から重みがふっと消えて、嬉しくなる。

「そう、化粧品って色のついた石を砕いて、すり潰して粉にして、粘土や油とまぜて顔料にしているのよ」

だから、石から離されたわけではないという気持ちを込めて、琳麗は続けた。

「貴女《あなた》風に言うと、碧玉《ジャスパー》の紅は古往ね、正しく鮮やかな色でこれまでのしがらみを積極的に塗りつぶして消すのよ」

化粧箱を持つ慧彩の手にぎゅっと力が籠ったのがわかる。

「紫水晶《むらさきすいしょう》の瞼影《アイシャドー》は未知なる魅力に満《み》ち溢《あふ》れているから、今来は貴女の新しい一面がこれから開花するでしょう」

塗るところを想像してくれたのだろうか、慧彩がすっと目を瞑《つぶ》った。

「そうそう、肌に塗る白粉《おしろい》には白雲母がふんだんに使われているわ。穏やかな気持ちで、来今が光り輝くように」

願いを込めて琳麗は予言した。

言葉だけであったが、次に目を開けた慧彩の顔色が化粧を施されたみたいに、よくなった気がする。

「ふふっ、琳麗様ったら面白いお方ね。運命に抗《あらが》う術をたくさん持っていらっしゃる。そして、お節介。私を友人にできなくて残念でしたね」

いつの間にか卜占の時の口調になった慧彩が、詠《うた》うように口を開いた。

ちょっと元気づけすぎてしまったかもしれない。

「本当にね。騙《かた》りでも先が見通せるっぽいことを利用すれば敵なしと、取り巻きに加えたかったのにあてが外れたわ」

悪ぶった口調で、琳麗はやり返すように言葉を浴びせる。

「あら、騙りではありませんよ。琳麗様の来今は国母――」

慧彩が恐ろしいことを言い出したので、琳麗はその両肩に手を乗せて、ぐるんと回して裏門へと向けた。

「ああもう！　不吉なこと言わないで、元気になったのなら後宮から出て行きなさい！」

悪女のような口ぶりで、トンッと力を込めて慧彩の背中を押すと、彼女はそのまま軽やかに駆け出していく。

どこからか風に乗って、梅の香りがした。

あとがき

こんにちは、柚原《ゆずはら》テイルです。

なんと『後宮一番の悪女　二』です。応援してくださった読者様のおかげで、二巻を出せることになりました。ありがとうございます。

あとがきから読まれた方のために、一巻完結の内容となっておりますので、二巻だけでもお楽しみいただけると思います。琳麗《りんれい》の悪女としての活躍を、どうぞ！

お気に入りのシーンは、占術のシーンです。

金占盤はオリジナルの道具となっています。占い方はタロットカードが好きなので、現在、過去、未来などの、結果の出し方は少し似ています。

昔、学校に持っていき、休み時間に遊んでいたら、先生に怒られた思い出が蘇《よみがえ》りました。

この場をお借りして、お礼を――

麗しの装画は、三廼《みつや》先生です！

凛々《りり》しく美しい顔と目力に、ふらふらと吸い寄せられてしまいます。

作中の雰囲気に合わせてくださったので、ぜひ手に取るたび、味わってくださいね。

そしてなんと『後宮一番の悪女』コミカライズです。

詳しくは富士見《ふじみ》L文庫さんの発信する情報を見てくださいと、お知らせしつつ……描いてくださるのは、苗川采《なえかわさい》先生です！　ありがとうございます！

二面性のある琳麗を、コミカルで可憐《かれん》な姿から、妖艶で色香をまとう姿まで、超クオリティで描いてくださっています。

話を知っているのに、グンと引き込まれる構成やコマ割りも、とにかく凄《すご》いので、ぜひ読んでください！

美々しい挿画に、素敵なコミカライズと幸せな作品です。

お力をふるってくださった、三廼先生、苗川采先生に心より感謝です！

また、沢山の読者様に手に取っていただけるようにしてくださった、デザイナー様、校閲様、担当編集者様、この本にかかわってくださった、すべての皆様へもお礼申し上げます。

そして、今、この本を手に取って下さっている読者様に、ありったけのお礼を申し上げます！　ありがとうございます。また、お会いできますように。

柚原テイル

富士見L文庫

後宮一番《こうきゅういちばん》の悪女《あくじょ》　二

柚原《ゆずはら》テイル

2023年7月15日　初版発行

発行者　山下直久
発　行　株式会社 KADOKAWA
〒102-8177　東京都千代田区富士見2-13-3
電話　0570-002-301（ナビダイヤル）

印刷所　株式会社暁印刷
製本所　本間製本株式会社
装丁者　西村弘美

定価はカバーに表示してあります。　◇◇◇

●お問い合わせ
https://www.kadokawa.co.jp/（「お問い合わせ」へお進みください）
※内容によっては、お答えできない場合があります。
※サポートは日本国内のみとさせていただきます。
※Japanese text only

ISBN 978-4-04-075040-8 C0193

紅霞後宮物語

著／**雪村花菜**　イラスト／桐矢 隆

これは、30歳過ぎで入宮することになった
「型破り」な皇后の後宮物語

女性ながら最強の軍人として名を馳せていた小玉。だが、何の因果か、30歳を過ぎても独身だった彼女が皇后に選ばれ、女の嫉妬と欲望渦巻く後宮「紅霞宮」に入ることになり——!?　第二回ラノベ文芸賞金賞受賞作。

【シリーズ既刊】 1～14巻 **【外伝】** 第零幕　1～6巻

富士見L文庫